아침감사
미래감사

강승구 권경희 권혜인 김경아 김귀화 김나림 김명희 김미경
김민주 김성자 김영진 김예준 노신희 박권아 박보배 박유경
변혜영 서상희 송태순 신해수 윤지효 이성숙 이정금 이정숙
이진결 전진숙 정연홍 정지유 조경미 조외숙 최경순 한윤정

대경북스

아침감사 미래감사

1판 1쇄 인쇄 2024년 3월 15일
1판 1쇄 발행 2024년 3월 20일

발행인 김영대
편집디자인 임나영
펴낸 곳 대경북스
등록번호 제 1-1003호
주소 서울시 강동구 천중로42길 45(길동 379-15) 2F
전화 (02)485-1988, 485-2586~87
팩스 (02)485-1488
홈페이지 http://www.dkbooks.co.kr
e-mail dkbooks@chol.com

ISBN 979-11-7168-035-1   03810

나에게 아침이란, 하늘이다.
왜냐하면, 언제나 나와 함께 세상을 마주하며
살아있음을 알게 해 주기 때문이다.
나에게 미래란, 노랑이다.
왜냐하면, 따뜻한 내 미소를 닮아서 포근함을 선물해 주기
때문이다.

나에게 아침이란, 핑크뮬리다.
왜냐하면, 가을에 볼 수 있는 핑크뮬리처럼 여유롭고 풍요로운
시간이기 때문이다.
나에겐 미래란, 블루다.
왜냐하면, 우리의 미래가 하늘빛과 바다빛깔처럼 밝고 깊고
찬란하기 때문이다.

나에게 아침이란, 무지개다.
왜냐하면, 꿈과 희망을 열어주는 무지개 같은 시간이라
행복해지기 때문이다.
나에게 미래란, 보랏빛이다.
왜냐하면, 고귀하고 풍요로울 미래의 삶이 연상되기 때문이다.

나에게 아침이란, 쉼이다.
왜냐하면, 밤새 돌아다닌 나의 영혼이 한숨 돌릴 시간이기
때문이다.
나에게 미래란, 투명한 빛이다.
왜냐하면, 다양한 색깔을 닮은 삶의 모습들을 넘어
나를 진실되게 보여주고 싶기 때문이다.

나에게 아침이란, 태양이다.
왜냐하면, 눈부시게 찬란한 시작의 기쁨이며
살아있음을 느끼게 해 주기 때문이다.
나에게 미래란, 무지개다.
왜냐하면, 나의 희망을 스스로 선택하고 무한대로 펼칠 수 있는
선물이기 때문이다.

나에게 아침이란, 이슬 머금은 새싹이다.

왜냐하면, 매일 새로울 것이며 매일 더 푸르고 매일 성장할 수 있는,

싱그러운 가능성을 품고 있는 시간이기 때문이다.

나에게 미래란, 파랑이다.

왜냐하면, 깊고 넓은 바다처럼 모든 것을 포용하며

시원스레 쭉쭉 뻗어 나가고 싶기 때문이다.

나에게 아침이란, 꽃이다.

왜냐하면, 항상 밝게 웃으며 행복을 선사해 주는 시간이기

때문이다.

나에게 미래란, 파랑이다.

왜냐하면, 블루 다이아몬드처럼 반짝반짝 빛나기 때문이다.

나에게 아침이란, 기적이다.

왜냐하면, 새로운 하루에 대한 기대와 희망이 늘 자라나기

때문이다.

나에게 미래란, 에메랄드 보석이다.

왜냐하면, 에메랄드의 뜻처럼 생명의 환희, 영원한 사랑을 닮아

내가 꿈꾸는 모든 것이 반짝반짝 빛날 것이기 때문이다.

나에게 아침이란, 희망이다.
왜냐하면, 또 다른 새날이 시작되기 때문이다.
나에게 미래란, 자유다.
왜냐하면, 내가 꿈꾸는 나날들이 무한대로 기다리고 있기
때문이다.

나에게 아침이란, 새싹이다.
왜냐하면, 희망의 열매를 품고 있기 때문이다.
나에게 미래란, 노랑이다.
왜냐하면, 밝은 빛을 상징하기 때문이다.

나에게 아침이란, 태양이다.
왜냐하면, 찬란한 미래를 꿈꾸게 해 주며
뜨거운 열정이 샘솟기 때문이다.
나에게 미래란, 초록이다.
왜냐하면, 파릇파릇한 새싹처럼 희망과 꿈으로 가득 차 있기
때문이다.

나에게 아침이란, 새로운 세상을 여는 시간이다.
왜냐하면, 늘 새롭게 펼쳐지는 세상을 몸과 마음으로
준비할 수 있기 때문이다.
나에겐 미래란, 빨강이다.
뜨겁게 타오르는 태양처럼,
열정과 사랑으로 도전하는 삶을 살고 있기 때문이다.

나에게 아침이란, 기대의 순간이다.
왜냐하면, 오늘은 설레는 일이 생길 것이 확실하기 때문이다.
나에게 미래란, 무지개다.
다양한 경험과 성취감으로 가득할 것이기 때문이다.

Contents

Chapter 2. 경제 : 사랑만큼 중요한 것

Chapter 3. 관계 : 나는 지인들 5명의 합이다

마음

: 원하는 것을 이룰 수 있는 최상의 선택

Chapter 1

마음은 사랑의 집이며,
희망의 성전이며,
믿음의 거주지이다.
- 익명 -

와플과 축구

김예준

오늘의 날씨, 맑다.

소파에 누워있는데 아기 고양이 와플이 달려왔다.

아기 고양이 와플을 안아주고 쓰다듬어 주었다.

밥이랑 물을 주고 장난감으로 놀아주었다.

조금 지쳐 보이면 간식을 주면서 나도 같이 쉬었다.

행복이 넘쳐난다.

와플에게 말했다.

"귀여워. 와플, 대단해."

와플이 답하듯 "냐옹."이라고 했다.

연한 갈색 털이 와플 색을 닮아 와플이라고 이름 지었다.

와플도 자신의 이름이 마음에 드는 듯했다.

낮잠을 자고 일어났다.

친구들과 축구할 때 '어제보다 골을 더 많이 넣을 거야!'라고

다짐했다.

예준, 할 수 있다!

파이팅!

나는, 축구가 좋다.

아, 와플도 좋다.

감사가 넘치는 준이네

김나림

밤새 비바람이 쳤는지

크루즈 밖은 파도가 거세게 출렁이고 있었다.

기지개를 켜며 "아, 잘 잤다. 감사합니다."라고 말하니

신랑이 안아주며 모닝 키스를 해주었다.

침대에서 우리는 서로의 따뜻함을 느끼며 잠시 안고 있었다.

크루즈에서 운동할 수 있는 곳을 찾으러 나왔다.

그새 지중해의 태양이 선명하게 보일 만큼

하늘이 투명해졌다.

"와우, 끝내준다! 지중해 일출은 스케일이 다르네."

"준이들에게 전화해서 오라고 해야겠다."

순간 돌고래 떼가 지나갔다.

10년 전부터 상상하던 장면이 내 눈 앞에 펼쳐지는 순간,
감사의 눈물이 흘렀다.
감사합니다.
감사합니다.
감사합니다.
해낸 나림아, 고마워.
명품인생 축복해.

소리 내어 말하면서 우리 부부는
뜨거운 눈물과 돌고래 떼를 영상으로 담았다.
아직 자고 있는 줄만 알았던 준이들은
이미 수영을 하고 있었다.
그 순간 내 영혼이 나에게 말을 건넸다.

거 봐, 해낼 줄 알았어.
우리 가족의 명문가 입성을 축하해!

연분홍 꽃 언니들

김귀화

2024년 1월 1일 새해 첫날,
우리 네 자매가 만난 날.
하얀 눈이 보슬보슬 내려
우리를 축복해 주었다.
언니들을 본다는 기쁨에
집을 나서기 전부터 마음이 들떠 있었다.

큰언니는 우리 회사에 온 지 15년이 되었다.
딱 10년만 함께 일하자고 큰언니한테 말했었는데.
그리고 둘째, 셋째 언니는 대구에서 김천까지
한 걸음에 달려 왔다.

큰언니는 그동안 알뜰살뜰 모아서 아파트 두 채를 마련했다.
네 명의 자매가 모여 축하 파티를 열었다.
큰언니는 동생 덕분에 아파트를 사게 되었다고 말하지만,
나는 언니 덕분에 너무 행복하다.

언니 나이 76세에 본의 명의의 등기부등본을 손에 쥐었다.
얼마나 간절한 바람이었을까!
언니 마음을 다 알 수는 없지만
내 마음이 더 뿌듯하고, 고마운 마음에 눈물이 났다.

고생 끝, 행복 시작이다!

언니의 얼굴을 보니 주름살도 활짝 펴지고
봄 처녀처럼 얼굴이 발그레하니 연분홍 꽃이 피었다.
큰언니는 엄마같이 마음이 넓고 따뜻하다.
항상 옆에서 나를 보듬어 주고 지지해 준다.

언니들이 항상 웃음 잃지 말기를,
행복하고 건강하길 기원해 본다.
그게 나의 기쁨이고 행복이니까.

언니들,

정말 정말 사랑하고 고마워.

오늘보다 내일 더 멋진 동생이 될게.

기대해.

네버 엔딩 스토리

정지유

선선한 바람이 부는 햇빛 좋은 어느 날,
베란다 문을 열고 맑은 공기를 마셔본다.

평생 친구들을 마중하러 공항으로 가는 길,
콧노래가 절로 나온다.
우리는 서로 보자마자
어디로 갈지 이야기를 나누었다.
재잘재잘, 여고생이 된 듯하다.

달달한 와플과 고소한 커피 향이 가득한 카페에서
행복함을 느낀다.
에메랄드빛 반짝반짝한 바다를 내려다보며

마음 이야기를 나눈다.
우리들의 네버 엔딩 스토리.

우리들을 더 행복하게 해줄 저녁시간을 위해,
노을 지는 해안가를 보며 달린다.

매일매일 축복인 하루,
감사합니다.
고맙습니다.

멋진 풍경

김미경

2025년 4월 12일 토요일.

레몬 음양탕으로 몸을 깨운다.

선물같은 하루를 일깨우는 기도로 고요한 시간을 보낸 후

가벼운 발걸음으로 맨발 산책을 하는 이 시간이 너무 좋다.

따스한 봄바람이 불어온다.

"세상의 모든 만물이 창조되는 신비한 봄!"

나 역시 새롭게 창조되는 기분이다.

자연 속에서 힐링할 수 있는 나의 세컨 하우스 한옥이 보인다.

공기 좋은 이곳에서 명상을 하고 있을 때면

건강하고 풍요로운 삶을 느낀다.

햇빛 샤워를 하며 산책을 하니 찰스도 기분이 좋은가 보다.

단정한 나!

정돈된 마음!

행복을 선택하는 나의 의식 상태!

모든 것이 충만하다.

매일 성공 루틴으로 성장하는 내가 참 좋다!

오늘은

사랑하는 나의 가족들과 동생네 부부,

이제 곧 태어날 조카들을 초대한 날이다.

살아있는 제철 식재료로 쉐프님과 건강보양식을 준비했다.

값진 시간을 보내며 행복해할 가족들의 얼굴을 생각하니

벌써 미소가 지어진다.

긍정 마인드로 원하는 꿈을 창조해 나가는

미래지향적인 대화들!

어떻게 하면 가족행사를 더 유익하게 보낼지 토론하는

우리 가족,

멋진 풍경이다.

다음 행사 때는 가족 책을 출간할 계획이다.

글을 쓰고 낭독을 하며 힐링되는 순간을 함께 나눌 생각에

출판기념회가 열린 것처럼 벌써 웃음꽃이 피어나며 설렌다.

사랑하는 가족 그리고 지인들에게 글쓰기가 전파되어

상상하는 것 이상으로 성장하며

꿈과 목표를 이룰 것이라는 확신에

감동이 밀려온다.

6

콩알이들

전진숙

밤새 내린 눈으로 온통 새하얀 세상이 되었다.
창문을 열고 눈 냄새를 맡는다.
콩알이들도 덩달아 킁킁대면서
밖을 쳐다보다, 나를 쳐다보다 한다.
"엄마, 나가고 싶어요." 마음이 전해진다.
그래, 저 눈 위를 맘껏 뛰어놀고 싶겠지.

아빠를 위해 맛있는 아침을 차려주고
옷방으로 안내하는 콩알이들을 따라 옷을 입는다.
"엄마, 서둘러."
"아빠도 빨리 옷 입어요."
오늘도 연신 흔들어대는 꼬리를 보고 있자니 기분이 좋아진다.

"산책 가자."
이 한마디가 그리 좋을까?
엉덩이 씰룩거리며 코를 땅에 박고
눈 냄새, 친구들 냄새를 맡는 콩알이들.

아직 사람의 흔적이 없는 새하얀 눈 위를
신나게 달리기 시작한다.
지칠 만도 한데 쉴 새 없이 뛰어다닌다.
눈 위에 발 도장을 연신 찍어 댄다.
세상에서 가장 행복해 보인다.

'행복이 뭘까?'라는 생각이 문득 든다.
지금 내가 느끼고 보고 있는 것이 행복이 아니라고
누가 말할 수 있을까?

어제와 같은 오늘, 그리고 내일이 와도
나의 행복 기준은 콩알이들이라는 것을
우리 콩알이들은 알고 있을까?

모르면 어때?
내가 오늘도 사랑하고 내일도 사랑할 건데.

7

그녀들의 눈빛

박유경

2024년 1월 13일 어슴푸레한 새벽 6시.

새로운 각오로 하루를 시작했다.

죽기 전, 내가 쓴 글을 책으로 꼭 남겨보고 싶었는데

기회가 온 것이다.

"아, 나 이제 작가야!"

글을 썼던 이른 새벽은 내 꿈을 이루어 주었던 순간이다.

어두웠던 주변이 환해지고,

차가운 겨울 풍경이 따뜻한 봄이 된 듯하다.

이게 행복이구나.

글을 쓰는 내내 울컥했다.

급기야 눈물을 쏟고 말았다.

행복의 눈물이라는 것을 믿지 않았는데 말이다.

오후에는 동생들과 공연을 보기로 했다.

새벽에 느꼈던 나의 행복을 그녀들에게도 전해줘야지.

"어머! 언니, 축하해!"

"역시 문학소녀였어!"

"언니 잘됐다!"

조금은 소란스런 박수와 함께 내 일처럼 기뻐하는 그녀들이다.

고맙고 멋진 동생들이 곁에 있다는 사실에 더 행복해진다.

공연장에 도착한 후, 로비에 차려진 포토존에서도

여전히 수다를 떨었다.

연신 사진을 찍어대는 그녀들.

공연 관람 후에 서로의 느낀 점 나누는 것을 좋아하는데,

이 여인들이 어떤 이야기를 할지 기대된다.

드디어 공연장에 착석!

그녀들의 눈빛에서 일렁이는 반짝임이 너무 사랑스럽다.

"얘들아, 공연장 내에서는 정숙해야지."라며

그녀들의 상기된 마음을 조금 만져주었다.

다음에는 내가 좋아하는 일출여행을 계획해야겠다.

상상만 해도 벅차고 황홀하다.

일출을 보면서 그녀들의 눈빛은 또 어떻게 변할까?

난 역시 이 사람들이 참 좋다.

앞으로도 영원히 그러할 것 같다.

8

이런 사랑

박보배

눈이 오려나? 날씨가 희뿌옇다.

눈을 기다리는 나, 아직 소녀감성을 가지고 있나 보다.

뜨거운 물로 샤워를 하며 노래를 부른다.

남편과 함께 기장 해안가를 거닐어 볼까나?

나훈아의 노래, 〈기장 갈매기〉가 툭 튀어 나온다.

그래 가자!

오늘은 기장이다.

여행이 주는 설렘은 참 좋다.

남편과 나의 눈 맞춤.

나는 눈 맞춤을 좋아한다.

어두워야 보이는 것이 있다고 한다.

눈빛이 그런 것 아닐까?

서로에게 향해 있는 눈빛이

별빛처럼 반짝인다.

맛있는 점심을 먹고,

풍경 좋은 카페에서 향기 가득한 커피를 마시고

다시금 지그시 서로의 눈을 바라본다.

집에서는 잘 하지 못했던 이야기도 곧잘 하게 된다.

함께 집을 떠나보는 것,

유익한 결정이었다.

겨울 바다를 보고 싶어 고속도로를 달린다.

창가에 부딪히는 풍경들이 빠르게 휙휙 지나간다.

그래, 속도를 즐기자.

"여보, 좀 걸을까?"

팔짱을 끼고, 천천히 서로의 호흡에 맞춰 걷는다.

신발을 벗자!

이야!

겨울 바닷가에서 맨발은 처음인가?

발밑에서 느껴지는 차가움.

나는 자발적 고통을 선택하기로 한다.

맨발. 맨땅. 맨몸.

'맨'이란 단어를 묵상해본다.

진솔함과 본질을 사랑한다.

내일은 오늘보다 더 부드럽고 달콤한 행복을 맛볼 것 같다.

따뜻한 남편 손을 잡고, 이렇게 걸어가리라.

이제는 안다.

남편과 함께 있을 때,

나는 가장 나답다는 것을.

여보, 고마워요.

당신 덕분에 이런 사랑을 경험합니다.

기장 바닷가를 걸으며 사랑에 대해 생각해 본다.

비로소 내가 나를 본다.

기분 좋은 날

윤지효

꽃이 피는 5월, 기분 좋은 날.

오늘은 우리 딸들과 함께 〈허브아일랜드 불빛동화 축제〉에
가기로 했다.
드라이브를 하는데 뭉게구름을 품고 있는 파란 하늘이
우리 기분을 더욱 좋게 해 주었다.
드라이브 길, 강이 보이는 예쁜 카페 앞에서 멈추었다.
갓 구운 듯 따뜻한 빵과 커피를 주문했다.
도란도란, 담소를 나누었다.
얼마 만에 느껴보는 충만함인지 모르겠다.

허브아일랜드에 도착하니 입구에서부터

기분 좋은 허브향이 바람결에 불어온다.
사랑하는 아이들과 천천히 걸으며 추억을 쌓았다.
조그마한 강가에 있는 대여소에서
자전거를 대여해서 타 보았다.
시원한 바람과 허브향기 덕분에
한층 더 상쾌한 행복을 느낄 수 있었다.

어느덧 저녁, 노을도 허브 향을 닮았다.
허브아일랜드 곳곳에 불빛이 들어와 동화 속 풍경이 되었다.
동화 주인공이 된 것 마냥 황홀하다.

너무 행복하고 감사한 시간,
딸들의 존재 그리고 자연이 주는 아름다움 덕분이다.
집으로 돌아오는 길,
딸들에게 다음엔 더 좋은 곳으로 여행을 가자고 약속했다.
오늘은 기분 좋은 날이 확실했다.

충분하다

변혜영

2030년 6월 19일.

새벽 5시, 설렘으로 눈을 떴다.

창문을 열었다.

"안녕?"

서쪽하늘 샛별이 인사를 한다.

"오늘은 혜영이가 여행가는 날이구나.

날씨도 축복하듯 청명할 거야."

"아하! 고마워."

샛별과 인사를 나누고 시원하게 샤워를 했다.

청바지에 새하얀 블라우스를 입었다.

새가 된 듯하다.

하늘을 날아오르는 기분이다.

내 나이 칠십.
아이들이 칠순모임 하자는 것을 마다하고
나만의 시간을 갖겠다 하였다.
동해안 일주를 시작한다.
나의 싱싱이와 함께 출발!

나는 나로서 충분히 아름답고 멋지다.

모든 것이 좋구나

이진결

2024년 4월 22일.

날씨 맑음.

어린이가 된 기분이다.

날씨만큼 내 마음도 화창하다.

예쁘게 화장하고 예쁜 옷 입고 예쁜 마음으로 집을 나선다.

언니들을 만나 음악을 들으며 드라이브를 했다.

오랜만의 만남에 안부와 수다가 끊이질 않는다.

우리는 콧노래를 부르며 하하 호호 신바람이 난다.

숲이 우거진 공기 좋은 곳에서 산림욕하며

따사로운 햇살 아래 산책을 한다.

'아! 날씨도 좋고, 공기도 좋고, 풀내음도 좋고,
모든 것이 좋구나!'
저절로 미소가 지어진다.

"언니야, 커피 한 잔 할래요?"
CF 속 노래 한 소절 따라 부른다.
큰 언니가 우리를 바라보며 사랑스러운 미소를 보인다.
"좋아요."라고 답한다.
하하하! 배꼽이 빠져라 우리 세 자매는 웃는다.
이런 게 행복이지.

내일은 오늘보다 훨씬 더 행복하고
좋은 일이 일어날 것만 같다.
지금 나는 벅찬 감사를 느낀다.
모든 것이 좋구나.

걸어가고 있었다

한윤정

햇빛이 쨍쨍하다.

해님이 나를 위해 방긋 웃고 있다.

"안녕?"

나도 해님에게 인사를 건넸다.

열세 살 아이가 된 것 같다.

아, 아침부터 이렇게나 설레다니!

하지만 마음을 가라앉히고 아침 루틴을 시작해 본다.

"심장아, 집중하자."

나의 소중한 심장에게도 당부의 말을 건넨다.

눈을 감고 5분간 명상을 한다.

감사한 것 3가지를 찾아 기록한다.

내 인생을 바꾸어 줄 명언 한 줄을 찾아 필사한다.
그리고 책을 읽는다.

반복되는 일상이지만 늘 새롭다.
항상 나를 충만하게 해 준다.
오늘의 나를 만들고
오늘 나의 하루를 시작해 본다.

오늘은 서점가는 날!
아침 루틴으로 책을 읽었지만 또 설렌다.
집 근처에 꼭꼭 숨어있던 새로운 서점을 발견하였다.
'완전 득템'이란 말은 이럴 때 쓰는 거겠지?

룰루랄라, 콧노래를 부른다.
평소에 좋아하는 산책로가 아닌,
새로운 산책로를 찾아봐야겠다.
다른 길, 다른 선택.
나는 또 성장할 것이다.
그리고 나는,
걸어가고 있었다.

13

열었다

권혜인

창문을 열었다.

파란 하늘이 보이고 시원한 바람이 불었다.

회사 입사 시험에 합격하여 오늘 첫 출근이다.

짹짹짹!

참새들도 설레는 내 기분을 알아차린 것 같다.

정규직으로 출근을 할 수 있다는 것이 이렇게 신날 줄이야!

기분 좋게 출근 준비를 하는데

축하한다는 휴대폰 메시지가 쏟아졌다.

작가로서 스케줄이 어떻게 되는지 묻는 사람도 있다.

내가 좋아하는 일들이 눈에 보이는 성과가 되어 돌아오니

로또 맞은 기분이다.

이런 날이 오는구나.

나, 열심히 노력했구나.

너무 행복하다.

야호! 잘해 보자!

힘차게 외치며 현관문을 열었다.

14

감사합니다

송태순

2024년 2월 10일,

오늘 날씨는 '해님 쨍쨍'이다.

좋다.

눈으로 감사하고, 마음으로 감사한다.

나 자신과의 진한 데이트를 위해 기쁘게 산을 오른다.

신선한 공기와 즐거운 사람들의 속삭임,

꽃과 나무의 대화를 들으며 자연과 함께하는 나는

모든 것을 가진 행운아다.

그것을 깨닫고 알아차린 나는 의심할 여지없이 행복한 부자다.

산을 오를 때 내 기분은 떠오르는 해를 닮아 있었다.

행복 에너지가 생동하며 별처럼 쏟아지는 오늘이다.

감사하다.

연이은 나의 감사는 나를 겨울 왕국으로 데려다 놓았다.

특히, 2월 겨울 산행은

지금 이 순간을 느끼게 하고 춤추게 한다.

지금 행복하지 않으면 사기라 했던가?

진정한 내 삶을 살고 있음에 감사하다.

'열심히 사는 것'과 '진짜 원하는 삶을 사는 것'은

별개의 이야기다.

아이들 키우면서 열심히 살았다.

아이들 봄 소풍과 가을 운동회 때 싸 주던 도시락이 생각난다.

딸은 유부초밥을 좋아하고, 아들은 김밥을 좋아했다.

두 가지 재료를 모두 사고 준비하면서 투덜투덜 댔다.

그 때는 정신없이 바빴다.

딸과 아들이 날 힘들게 하는 존재라는 생각을 했다.

지금 돌이켜 보면, 그 시절이 제일 행복했었다.

명절이면 가족들이 모인다.

여유롭게 만나는 새해 아침이다.

아들을 위해 된장찌개를 끓이고,

딸을 위해 장조림에다 갈비찜을 재어 둔다.

함께 할 식사를 준비하는 동안 감사함이 물밀듯 찾아온다.

"그렇지, 엄마가 해 주는 된장찌개가 최고지."
"엄마, 사랑해! 나, 갈비찜이랑 장조림 너무 좋아!"

내가 진짜로 원하는 것을 할 때 행복하다는 것을
가르쳐 준 오늘이 감사하다.
감사를 깨닫고 원함을 행하는 오늘이
더없이 만족스럽고 행복하다.
내일도 가족을 위한 식사 준비로 가슴이 벅차오를 것이다.

이 모든 것에 감사합니다.

15

우리 둘

김민주

보슬비가 내리는 날.
창밖을 보며 미소 짓는 오늘.
그저 기분이 좋다.

'내가 좋아하는 비가 오니까 데이트 신청해야지.'
컴퓨터와 한 몸이 되어 있는 아들의 등 뒤에 서서 물어본다.
"아들, 비 오는데 우리 데이트 할까?"
"비 오면 다니기 불편한데 어디 가려고?"
눈은 컴퓨터에 고정한 채 대답하는 아들을 보니 서운했다.
"엄마가 비 오는 날 좋아하는 거 알면서…. 바쁘면 혼자 갈게."
가방과 차 열쇠를 챙기는 나를 보면서
아들의 흔들리는 눈빛이 느껴진다.

"엄마, 잠깐만 기다려 줄 수 있어? 게임 금방 끝나. 같이 가."
"아싸! 엄마 혼자 가라는 줄 알고 살짝 서운했는데
 완전 고마워. 신난다!"
아들을 끌어안고 소리 지르니 아들이 씨익 웃어준다.

달달한 딸기 향이 입 안 가득 퍼지고,
내리는 비를 바라보며 아들과 대화하는 지금 이 순간,
나는 세상 모든 것을 다 가진 행복한 엄마가 되었다.
아! 너무 좋다. 기쁘다. 이 맛에 사는 거지.

오늘보다 나은 우리 둘의 미래가 기대된다.
서로를 아끼고 사랑하는 우리 둘,
벅차오르는 기쁨에 감사함을 느낀다.

16

축복이다

김명희

꽃피는 춘삼월,

가산산성에 피어난 진달래처럼 어여쁜 오늘이다.

나비가 된 듯 발걸음은 나풀거리고 콧노래도 흥얼거린다.

인생 첫 책 쓰기에 도전한 아들 강승구 작가와 함께

2024년 첫 출간기념회를 하는 날이기 때문이다.

파란색 나비 넥타이를 하고

머리카락을 매만지는 승구를 보니,

새하얀 눈 위를 맨발로 걸을 때처럼 온몸이 말을 건넨다.

"너 지금 무척 행복하구나!"

"승구랑 글쓰기 같이 하면 좋겠다."

새해 첫 해독 트레킹을 하면서 문득 했던 말이 현실이 되었다.

산뜻하게 리모델링된 우리의 공간에서
특별한 출간기념회 시간을 가졌다.
모든 행사를 마치고 돌아가는 작가님들의 얼굴에
행복한 미소가 가득했다.
이곳에서 조금 더 머물고 싶어하는 마음들도
그대로 느껴졌다.
충만한 행복에 심장이 둥둥둥 북을 친다.

생각하고 말한 대로 이루어지는 삶,
축복이다.

17

나에게 박수를!

강승구

어젯밤, 충만한 행복을 느끼며 잠이 들었다.
몽실몽실한 마시멜로가 초콜릿 퐁듀에 푹 빠진 것처럼.

가뿐한 마음으로 힘차게 일어났다.
상쾌한 새벽 공기를 코로 "스읍." 들이마시고
입으로 "후." 내뱉으며 온몸으로 새벽을 만끽한다.
"아따 마, 기분 쥑이네!"

"행복합니다!"
"기대됩니다!"
"드디어 미국 갑니다!"

나는 미국여행을 가이드하러 간다.

여행객은 사랑하는 가족이다.

인생 처음 도전하는 해외가이드 일정표를 보며

만 번 넘게 눈을 깜빡이고 나니 미국에 도착했다.

"아! 설렌다!"

행복을 만끽하는 순간, 엄마께서 떨리는 목소리로 말씀하셨다.

"비행기에 휴대폰을 두고 온 것 같아."

바로 물품 보관소로 향했다.

가족들이 보는 앞에서 유창하게 영어로 안내원과 대화했다.

뒤에서 나를 지켜보시던 아빠께서 휴대폰을 꺼내더니,

내 모습을 촬영하셨다.

안내원과 대화를 마치고 엄마의 휴대폰을 찾을 수 있었다.

엄마와 가족은 안심하며 나를 보고 박수를 쳐 주셨다.

나도 안심하며 스스로에게 뿌듯했다.

오른쪽 귀 밑으로 식은땀이 흘렀다는 건 비밀이다.

안내원과 유창하게 대화하는 영상을

인스타그램에 올렸는데 대박이 났다.

순식간에 천 만 조회 수를 달성하고, 팔로워 천 명을 돌파했다.

남은 미국여행 시간동안 더 멋진
일들이 있을 것 같아 기대된다.
영어 회화를 배우기로 선택한 나,
미국여행 가이드를 선택한 나에게
뜨거운 박수를 보낸다.

선물 같은 나의 하루

박권아

따스한 햇살이 세상을 환하게 비추는 아침.

침대 위로 들어오는 반짝이는 빛을

손가락 사이로 살며시 보며 즐거운 아침을 맞이해요.

"참 잘 잤다. 좋다."

미소 가득 기분 좋은 아침에 기지개를 켭니다.

침대 곁에 있는 드림보드를 바라보며

조용히 눈을 감고 나와의 시간을 보내요.

내가 이루고 싶은 꿈, 살고 싶은 삶을 그리며

상상 속에 빠져보고 긍정확언도 외쳐 봅니다.

"온갖 좋은 일들이 눈사태처럼 일어났다!"

"나는 뭐든지 해내는 사람이다!"

"나는 억만장자다!"

이미 이루어진 듯 가슴이 벅차오릅니다.

따뜻한 물을 마시고 오늘 하루 행복하기로 선택합니다.
그리고 지금 느끼는 감사함을 글로 써요.
'살아있음에 감사합니다.'
'숨 쉴 수 있어 감사합니다.'
'내가 나인 것에 감사합니다.'

끌리는 책 한 권을 꺼내 독서를 하고 뇌를 깨운 뒤
예쁜 운동복을 입었어요.
하얀색 나이키 운동화를 신고 선글라스를 쓰고
아침운동을 나서요.
제가 가장 좋아하는 파란 하늘을 바라보며
온 우주의 좋은 기운을 끌어당겨 봅니다.
꽃, 나무, 공기, 지나가는 고양이
주인과 산책 나온 강아지들과도 인사를 나누어요.
좋아하는 팝송도 따라 부르며
땀 흘리는 이 시간이 참 행복해요.
미소 지으며 모든 걸 누리는 지금에 감사하며
눈물이 흐르기도 해요.
힘들었던 시간들을 이겨내고 성장을 맞이하는

하루하루가 기적입니다.

'권아야, 너는 정말 멋진 사람이고 괜찮은 사람이야!'
'나는 나를 사랑해!'
'나와 함께하는 사람들은 행운이야!'
큰 소리로 외치며 나를 뜨겁게 응원해요.

운동을 마치고 집에 돌아와 샤워를 하고
건강한 아침을 먹고 나면 나를 찾는 반가운 전화벨이 울려요.
건강과 아름다움을 함께 나누고
주변에 좋은 영향력을 주며
행복하고 즐거운 일상을 보내는 나의 사람들.
소중한 시간을 좋은 사람들과 보내고 나면
어느덧 노을이 우릴 반겨요.
석양을 보며 한강 아래 보석처럼 빛나는 햇살 주변을 거닙니다.
미래 이야기를 나누며 아름다운 꿈을 꾸어요.

삶의 원동력이 되어주는 내 사람들 그리고 사랑하는 가족들.
이들과 자유를 누리며 꿈을 이루고 멋지게 살아갑니다.
순간순간이 감사로 채워집니다.
좌충우돌 문제도 생기고 실패를 겪어도

포기하지 않고 계속 배우고 성장해 나가는
나 자신을 다시금 응원합니다.

"괜찮아."
"잘하고 있어."
"정말 멋져!"

원하는 대로 상상한 대로 살아가는
선물 같은 나의 하루,
진심으로 감사하고 사랑합니다.

진눈깨비 응원 그리고 기대

서상희

2024년 12월 30일, 아침부터 진눈깨비가 흩날린다.
문득, 중학교 2학년 시절의 겨울이 떠올랐다.
아빠를 차가운 흙에 묻고 돌아오는 길에도
오늘처럼 진눈깨비가 흩날렸다.
내 어깨에 내려앉던 진눈깨비는
아무 걱정 없이 잘 살아가라는 아빠의 응원 같았다.
힘이 났다.

아빠, 고마웠어요.
잘 지내고 계시죠?
저희도 잘 있어요.

아빠가 눈물 나게 그립다.

오늘은 2024년 마지막 날 하루 전이다.
올해는 나에게 특별한 한 해로 기억될 것이다.
회사생활로 지칠 때면 항상 마음속에
부캐를 만들고 싶다는 꿈이 있었다.
겁도 없이 올해 1월 개인사업에 도전하였고,
회원가입 등 초보과정에 입문하였다.
1년이 다 되어가는 지금,
회원과 파트너들이 생겨서 뿌듯하고 흐뭇하다.
직장생활과 사업을 동시에 하는 것이 버거웠지만
지금 생각하니 참 잘한 것 같다.

'잘하고 있어. 지금처럼만 하면 돼.'
'나의 미래는 완전 밝아 보여.'
'나의 정년 이후가 기대돼.'
기특한 나에게 칭찬을 해 주었다.

사업을 시작하면서 나에게는 좋은 습관 세 가지가 생겼다.
첫째, 감사력을 키우기 위해 매일 저녁
감사한 일 3가지 이상을 메모하고, 되뇌고 있다.

둘째, 좋은 책을 가리지 않고 읽는 독서하는 습관이다.
셋째, 나의 노년 놀이터가 될 도서관에 다니고 있다.

조금씩 성장하고 있는 나의 미래가 기대된다.

아빠 딸, 잘하고 있죠?
아빠, 오늘도 보고 싶어요.
아빠, 오늘도 사랑합니다.

20

여행이 주는 의미

이정숙

2024년 4월의 날씨는 '계속 맑음'이다.

따스한 햇살에 일찍 핀 꽃들이 떨어졌다.

그 자리에 새롭게 올라온 녹색 잎들이

반짝반짝 빛을 내고 있는 것 같았다.

나뭇잎들이 내는 좋은 에너지를 고스란히 내 몸속에 들였다.

자유로운 발걸음으로 공항을 향한다.

우리 가족들은 멋진 공항 패션을 뽐내며 서로 감탄했다.

"아빠 엄마랑 떠나는 팀 엘리트 여행, 기대됩니다.

 최고의 여행이 될 것 같아요."

상기된 목소리로 딸이 말했다.

"그렇지? 모든 것이 최고급이어서도 그렇고,

사랑하는 가족과 함께하는 여행은 언제나 기분 좋아."
남편 그리고 딸과 함께 떠나는
두바이 팀 엘리트 여행으로 두근두근 설렌다.
몸과 마음이 더 자유로워지리라.

작년에는 아들과 며느리,
뱃속에서 무럭무럭 자라고 있는 손자와 같이
뉴질랜드와 호주로 여행을 다녀왔다.

올해는 두바이 여행, 내년에는 에게해 크루즈가
준비되어 있는 그리스 여행이다.
여행하면서 겪는 다양한 스토리들과 배움을 묶어서
책으로 남겨야겠다는 생각이 든다.

긴 비행시간이 끝났다.
난생 처음 보게 된 두바이는 동화 속 한 장면 같았다.
회사에서 1년 내내 준비하고 만든 트립이다.
최고급 호텔과 연회장 풍경이 놀라웠다.

"신제품으로 새로운 시장이 열리고, 새로운 사람들을 만나게
될 거예요. 우리 비즈니스는 성장할 수밖에 없어요."

함께 간 후배 리더 사장의 당찬 이야기에 또 감동하였다.

20여 년째 이어져 오는 팀 엘리트 트립,

이제는 많이 여유로워졌다.

시간 나는 대로 카페에서 책을 읽으며 글 쓰는 시간을 가졌다.

내년 크루즈 여행도 기대된다.

새로운 리더들이 더 많이 합류하게 될 것이라

매년 새로움을 느낀다.

낯선 곳에서 시간들을 쌓으며 경험자산을 만들고 있다.

여행이 주는 의미들, 참 좋다.

2024년 봄은 이렇게 풍성하게 잎을 피우다가

가을에 많은 열매를 맺을 것을 나는 믿는다.

21

가족여행

김성자

속초로 향하는 길.
파란 가을 하늘에 뭉게구름은
예쁜 그림 한 점 같다.

룰루랄라 오랜만에
떠나는 가족여행.
차안에 퍼지는 아이들의 웃음소리는 노래 같다.

우리 가족의 최애 휴게소인
가평휴게소에 들렸다.
호두과자며 이것저것 주전부리를 사서 차로 향하는
아이들의 얼굴에 웃음꽃이 만발했다.

어느덧 목적지에 도착해서
시원한 물회 한 그릇 뚝딱 하고 나니
뼛속까지 시원하게 샤워를 한 듯하다.

해가 뉘엿뉘엿한 모래사장을 걷고 걸으며
차가운 바닷물에 발도 적셔보고
잠시 동심으로 돌아가 본다.
연신 사진을 찍느라 바쁜 아이들.
사이좋은 오누이 모습에
하나만 낳았으면 어쨌을까 싶어
저절로 미소가 지어진다.

여행의 백미를 장식할 삼겹살 바비큐.
아이들이 어렸을 때는 남편과 내가 했던 걸
이제는 아이들이 자연스레 하고 있다.
꿀을 넣은 것처럼 달디 단 쌈과
서로의 행복을 위한 건배.
하하 호호 도란도란 밤늦도록
이야기는 끝이 없다.

아, 참 행복하다.

이런 게 행복이구나.
행복으로 꽉 채워진 오늘 하루,
이래서 여행은 힐링이다.
내게 가족이 있다는 것이 너무 감사하다.

감사하고 행복한 여행 첫날.
내일은 얼마나 멋진 하루가
나를 또 기다리고 있을까?

22

함께

조경미

반갑다.

하나의 목표를 이루어 가는 팀을 만났다.

신뢰라는 좋은 에너지를 선물 받는다.

"안녕하세요?"

"잘 지냈어요?"

"팀장님, 보고 싶었어요."

"정말이에요!"

나를 기다렸다니, 감사하다.

직장인 생활을 할 때에는 직원들과 거리를 두었다.

그땐 외로움이 나의 친구였는데, 지금은 행복을 느낀다.

'오늘은 어떤 것을 알게 될까?'

'무엇을 배우게 될까?'

호기심 가득한 눈빛을 보내 주는 팀원들의 모습에

나도 힘이 난다.

새로운 영역에 발을 디딘 윤지정 선생님.

이제 대학을 갓 졸업한 신참 허유리 선생님.

제대로 배우고자 헌신하는 강은희 선생님.

나에게 즐거움을 주는, 소중한 사람들이다.

이들을 팀으로 만난 건 불과 얼마 전이다.

본인들의 자리에서 경력직이었는데

'산후관리'라는 새로운 영역에 입문했다.

신입의 마음으로 임하는 이들의 겸손함에 감사하다.

공지사항을 바로 실행해서 결과를 내 주는

팀원들에게 감사하다.

기분이 참 좋다는 건 이런 거구나 싶다.

성장하는 그들의 모습에 나 또한 성장함을 느낀다.

함께 성장하고 있음을 온몸과 마음으로 알 수 있다.

인사 한 마디에 서로를 향한 신뢰가 흐른다.

인정받고 인정해 주는 우리,

같은 목표를 향해 나아가는 우리는

같은 성취감을 느끼며 늘 성장해 나갈 것이다.

함께여서 좋다.

함께여서 행복하다.

함께여서 감사하다.

나의 다리에게

정연홍

파란 하늘을 도화지 삼아,

구름을 붓 삼아,

중얼거려 본다.

저것은 새,

또 저것은 나의 눈썹.

숨은 그림 찾기도 해 본다.

내 마음을 알아차린 듯,

구름 사이로 햇빛이 고개를 내민다.

하늘은 최고의 캔버스다.

창밖을 보니 소리 없이 비가 내린다.

줄 지어 계속 내린다.

비의 이름은 무얼까.

꽃잎 다칠세라 조심조심 내리는 보슬비일까?

나와서 같이 놀자는 가랑비일까?

그냥 집 안에 있으라고 하는 이슬비일까?

물어봐도 대답이 없다.

내 마음이 시키는 대로 나가봐야지!

우산 쓰고 콧노래를 흥얼거리며

발길 닫는 대로 걸어야지!

편한 옷을 입고 거울 앞에 섰다.

찡그린 표정을 짓다가 살며시 예쁜 미소를 지어 본다.

맛있는 군고구마를 가방에 넣고 길을 나선다.

보고 싶은 사람을 만나 부둥켜안고 반가움을 표했다.

마주 보니 행복은 배가 되었다.

걸을 때 스치는 바람이 나의 귓가에 속삭인다.

"여기에 온 것을 환영합니다."

건강한 다리 덕분에 가고 싶은 곳 어디든 갈 수 있다.

산이든 강이든 바다든 갈 테다.

보고 싶은 사람들 보러 갈 테다.

고맙다, 나의 다리야!

핑크빛 구름

김경아

커다란 통유리창 너머로 보이는 멋진 뷰는
아직도 나를 꿈꾸게 한다.

"엊그제 54살이었던 것 같은데 벌써 65살이야."
나는 화가가 되고 싶다.
한 번도 배운 적 없는 그림을 느낌대로 그려보고 싶다.
그래서 그림에 필요한 도구들을 구입했다.

내가 그린 그림을 찬찬히 바라보다 웃음이 터졌다.
다섯 살 난 손녀의 그림을 닮았기 때문이다.
이왕 시작한 그림, 구름은 핑크로 색칠할 테다.

붉었던 젊은 날, 식지 않는 늙은 날.

나의 열정은 핑크빛을 닮아 기분좋게 한다.

시작이다

노신희

따뜻한 햇살.

너무 쨍하지도 어둡지도 않은 오늘.

바람이 상쾌하다.

오랜 시간 준비한 오늘이다.

며칠째 가슴이 두근거린다.

햇살에 반짝이는 한강이 보이는 강의장.

그간의 여러 일들이 하나하나 빠르게 지나간다.

늘 이 모습을 꿈꾸며 달려왔었지.

함께한 수많은 분들.

포기하지 않으니 결국 이루게 되는구나.

"오늘의 강사, 프레지덴셜 앰버서더 노신희 강사님을
 소개합니다!"

사랑과 애정이 가득 담긴 박수 소리.
뭉클한 이 순간.
손끝이 저리고 심장이 너무나 빨리 뛴다.
가슴이 터질 것 같다.

시작이다!

보랏빛 꽃들과 들꽃들이 어우러진 사랑스러운 꽃다발.
눈물이 난다.

소중한 사람들이 축하의 말을 건네며 내 손을 꼬옥 잡아준다.
서로 안아주며 감사를 나눈다.

감사합니다.
나의 진심이 그대로 전해졌길 바란다.

날씨는 이렇게 좋아도 되는 걸까.
진한 커피향이 가득한 차.

강의를 마친 후

남편, 한영이, 수영이와 함께 바다로 출발한다.

음악이 부드럽게 우리를 안아준다.

그동안 기다려주고 응원해 준 가족들,

너무 고마워요.

마음껏 행복을 느낀다.

26

이렇게 행복해도 되지요

최경순

비가 온 뒤 먼지 하나 없이 깨끗한 하늘, 깨끗한 오후.
하늘 구름이 너무 예쁘다.
저기 구름과 함께 나도 두둥실 떠 있다.
왜?
마음껏 즐기러 왔기 때문이다.
혼자 드라이브 하는 건 처음이다.
그래서 더 설렌다.

해안도로를 드라이브 하다가
경치 좋은 바닷가에 차를 세우고
온 몸으로 공기를 마신다.
오늘은 나를 위해 하늘이 허락해 준

너무 아름다운 날이다.

감사해요.
고마워요.
눈물이 나요.
이렇게 행복해도 되지요?

한참을 가다
언덕에 그림처럼 예쁜 교회가 나의 발길을 멈추게 했다.
잠시 묵상을 하고 교회 주변을 산책했다.
"아니 이게 누구십니까?"
몇 년 전 유럽여행을 함께했던 언니를 만났다.
여전히 혼자서 여행을 즐기는 중년의 여인.
둘은 밤새는 줄 모르고 이야기꽃을 피웠다.

낯선 곳에서 약속도 없이 우연히 만나는 일도
너무 아름답구나.

여행 이틀째,
너무 행복하구나.

자고 싶으면 자고
먹고 싶으면 먹고
그냥 뒹굴뒹굴
멍 때리는 것도 행복한
나만의 시간.

하루하루가 선물이고 축복이다.
내일은 오늘보다 더 아름다운 날이 될 것을 기대한다.

27

빙그레 웃음꽃

권경희

화려한 장미의 계절 5월에 태어난 나.

이야! 오늘은 신나는 나의 생일이다.

창문 틈 사이로 들어오는 새벽 공기가 참으로 상쾌하다.

아, 잘 잤다.

몸도 마음도 가벼운 감사한 아침이다.

아들 생각이 난다.

골방에서 무릎 꿇고 두 손 모아 하나님께 바치는 기도로

하루를 시작한다.

내가 좋아하는 하늘하늘하고 나풀나풀한 원피스를 입고

한껏 멋을 부리며 거울 앞에 섰다.

어느새 입가에는 빙그레 웃음꽃이 핀다.

친구들과 함께하는 계모임.

왁자지껄 수다를 떨며 팔공산 드라이브도 하고

황토오리집에 들러서 유황오리 백숙도 먹었다.

경치가 좋은 브런치 카페에서 이런 저런 얘기들을 나누었다.

예쁘고 먹음직한 딸기 케이크와 빨간 딸기 쉐이크, 체리 쥬스,

하트 모양을 담은 카페라떼, 아메리카노, 허브차가 곱게 어울려

저마다 자신을 뽐낸다.

찰칵!

나의 생일날 기념사진 한 컷.

돌아오는 길이 너무도 행복했다.

"경희는 세월이 거꾸로 가는 것 같아."

친구가 던진 말에

나는 나에게 흐뭇해했다.

기도로 나를 깨웠던 아들 생각이 다시 났다.

2024년 청룡의 해에는 큰아들 사업에 회원이 많아져

직원을 새로 들이고 크게 번창한다.

지켜보는 엄마의 마음이 흐뭇하다.

아들아 그간 애썼어.

믿음직하고 장한 내 아들.

아들이 있고 친구들이 있고
아침이 있고 기도할 수 있고
글 쓸 수 있어 행복하다.
오늘도 행복하다.

28

찬란히 빛나기를

이성숙

햇살이 눈부시게 쏟아지는 가을날.

국가대표가 된 딸.

딸은 꿈을 꿨고 끊임없이 외쳤다.

"나는 국가대표다!"

딸이 10살 때부터 나의 핸드폰에는

'국가대표'라는 이름으로 저장되어 있었다.

드디어 아시안 게임에서 금메달을 목에 걸었다.

결승전을 통과하는 딸은 웃고 있지만 눈물을 흘렸다.

검게 그을린 피부,

13년 동안 피와 땀을 흘렸던 시간들이 스쳐 지나가나 보다.

자전거에서 내리는 딸아이의 머리를 쓰다듬으며 말했다.

"수고했어."

서로 힘껏 안으며 폴짝폴짝 뛰었다.

"야호!"

"이도연, 멋지다!"

"엄마, 사랑해."

딸의 말에 나도 눈물이 났다.

꿈

그리고

희망.

지금 나는 감사함을 느끼며

'간절히 바라면 이루어진다.'는 말을 가슴에 새겨본다.

딸아이의 앞길이

태양처럼 찬란히 빛나기를

기도한다.

29

누리다 지켜보다

이정금

벚꽃이 흩날리는 2027년 4월의 어느 봄날.
4월은 가족 생일이 많은 달이다.
그리고 천만장자가 된 것을 기념으로
명문가 이씨 형제들과 함께하는 여행을 계획했다.

유난히도 화사한 햇빛과 함께 공항으로 향한다.
나는 부드럽고 따스한 캐시미어 롱 원피스를 입었다.
아, 즐겁다!

행복하고 들뜬 목소리가 들려온다.
"언니! 형부! 온다고 고생했네!"
"매형, 잘 지내셨죠?"

동생들의 흥분된 표정이 참 좋아 보인다.
늘 가슴속에 품고 있던 여행을 떠나는 오늘은
뜻깊은 날이다.

무엇이든 할 자유.
아무것도 하지 않을 자유.

이 순간을 형제, 자매들과 누린다.

엄마, 아빠도 하늘나라에서
우리의 행복한 모습을 지켜보고 계신 듯하다.

더 결

조외숙

결혼 시절부터 스킨 케어샵을 운영하며 쌓았던
피부뷰티 경력.
인생 지혜의 면류관을 받을 즈음에
'더 결'이라는 이름으로 이 일을 다시 만났습니다.
"익숙하고 반갑고 재미있고 가치 있는 일을 하게 해 주신
 신이시여, 감사합니다."
얼마나 기쁘던지, 감사 기도가 저절로 나왔습니다.

내가 먼저 아름다워지고
고객도 아름다움을 유지할 수 있도록 돕는 일,
이렇게 연결된 인연과 능력을 주신
신께 다시 한 번 더 감사드립니다.

젊음의 샘에 대한 비밀을 안고 있는
회사와 제품에 대한 신뢰로
삶의 현장에서 아름다운 스토리를 전하고 전하며
새 삶을 살아보렵니다.

건강과 해독관련 제품,
디바이스를 이용한 관리 과정을 통해
모든 고객에게 건강한 아름다움을 선물로 주고 싶습니다.

All of the good, None of the bad.

이 슬로건에 매력을 느꼈어요.
그래서 지금 하고 있는 일에 관심을 갖게 되었고
'더 결 에스테틱 샵'을 오픈했지요.

'더 깨끗하게, 더 건강하게, 더 아름답게'라는 가치를 걸고
더 결하게
더 강하게
열정 다해 운영해 볼 각오를 다져 봅니다.

경제

: 사랑만큼 중요한 것

Chapter 2

"돈 없어 죽겠어."라는 소리를 자주 하는 사람이 있다.
"돈이 필요해."라고 말해야 하는데 말을 자꾸 그렇게 한다.
우리의 마음은 빛과 그림자가 함께 공존하며
돈의 에너지도 빛과 그림자로 나뉜다.
그림자 영역으로 말을 하면
빛의 영역으로 에너지가 돌지 않는다.

- 황수현. 평생 돈운이 좋아지는 4주의 기적 -

이제는

조경미

돈.

정말 많이 가지고 싶다.

'넌 왜 그리 나에게 오지 않니?

내가 얼마나 기다리고 있는데.'

돈을 벌지 않는 아빠. 돈을 못 버는 엄마.

그래서 가난했다.

갑자기 서글픔이 몰려온다.

더 서글픈 건 부모님을 닮아 있는 내 모습이다.

나의 능력에 비해 적지 않은 돈이 나에게 왔다.

하지만 나는 돈을 담아 낼

마음 훈련이 안 되어 있었던 것 같다.

나에게 온 돈은 불필요한 소비 습관으로 인해
쉽게 다른 사람들에게 갔다.

왜 그랬을까?
쉽지 않은 형편들이 한몫했을 거고,
이른 나이 결혼을 하면서 세 아이의 엄마가 된 현실도
한몫했을 거다.
그리고 남편은 만학도였다.
나의 경제습관을 살피기보다는 살아내기에 바빴다.

이제는, 나에게 오는 돈을 잡아 두고 싶다.
간절하다.
간절하다.
간절하다.
내가 잘 살기 위해서
돈을 바라보는 올바른 태도를 배워야 한다.
다른 사람들을 돕고 싶어 하는 내 꿈을
이루기 위해서도 필요하다.
돈 공부를 할 수 있는 여건이 되었는데
가볍게 여겼던 지난 시간을 반성한다.
이제는 나에게 온 돈을 어떻게 쓰는지

관심을 가지고 기록해야겠다.

작은 변화, 작은 습관부터 시작하자.

나는 돈을 담는 부자가 될 것이다.

아니, 돈을 담는 부자다.

부자 고모

김귀화

티끌모아 태산이다.

근검절약을 솔선수범해라.

돈을 아끼되 쓸 때 쓸 줄 아는

현명하고 지혜로운 사람이 되거라.

아낄 수 있는 것은 아껴라.

물건 살 일이 있으면 두 번 세 번 생각하고 구입하여라.

부모님은 늘 말씀하셨다.

참기름 한 방울도 아끼는 모습을 보여주셨다.

부모님의 생활태도 덕분에 아끼는 것,

신중하게 돈을 쓰는 것이 습관이 되었다.

하지만 어여쁜 조카들을 위해서는 아끼지 않고 뭐든 사 준다.
"부자 고모! 부자 고모!"
조카들이 달려오며 말한다. 그리고 내 품에 포옥 안긴다.
어린 아이의 맑고 순수함에 나는 마음 부자도 된다.

돌이켜 보면 내 나이 26살, 그때부터 이미 난 부자였다.
조카들 덕분에 부자 마인드로 살다 보니
내 수입은 점점 늘어 가고 있었다.
'삶의 희망을 키우는 따뜻한 사람이 되자.'
내가 인생 선언문으로 삼고 있는 글귀이자,
내가 생각하는 성공의 개념이다.
삶의 변화를 원하는 사람들에게 희망과 용기를 주는
보약같은 사람이 되고 싶다.

노자가 말했다.
'생각은 말이 되고
 말은 행동이 되고
 행동은 습관이 되고
 습관은 인격이 되고
 인격은 운명이 된다.'
즉, 생각이 운명이 된다는 뜻이다.

부자 마인드를 가지면
반드시 부자가 될 수밖에 없다.
나는 천만장자 마인드를 가졌다.
나는 행복하다.
나는 운이 좋다.

어때요?
돈 부자, 마음 부자인 저와 함께
희망과 용기를 선택해 보아요.

달라질 거야!

박유경

내가 어렸을 적, 부모님은 자주 다투셨다.

돈 때문이었다.

사회생활을 경험하기 전 시집온 엄마는

다복한 가정에서 사랑받고 자란 맏딸이었다.

아버지는 부잣집 둘째 아들로 사회생활 경험이 없으셨다.

아버지의 잦은 사업 실패로 집은 기울대로 기울었다.

어릴 때부터 돈은 나에게 불행 그 자체였다.

언제 행복했었는지 생각이 나지 않는다.

그래서 나는 빨리 돈을 벌고 싶었다.

언니와 오빠는 대학 생활을 하는데,

3남매 중 막내인 나는 고등학교 졸업 전에 취업을 했다.

열심히 일했지만 노력한 만큼 돈은 모이지 않았다.
계속 가족들에게 돈이 흘러 들어갔다.
자존감은 낮을 대로 낮아졌다.

"누가 나 좀 도와줘요!"
"누가 나 좀 건져줘요!"

소리쳐봤자 소용없었다.
그리고 난 깨달았다.
나를 건질 사람은 나뿐이라는 것을!
정신을 차리고 다시 열심히 일했다.
아프고 힘든 나날들을 이겨냈다.
그 동안의 고생에 보상이라도 해주듯
돈이 쌓여가고 있었다.

이제 나는 달라질 것이다.
이 돈은 내가 아끼는 이들을 도와주는 곳에 사용할 것이다.
아름답고 여유로운 나를 만드는 데 사용할 것이다.
난 부자다!
정신도 마음도 몸도 돈도 대단한 부자다!

빨간 벽돌집

전진숙

나의 어릴 적 시절,

작은 방 하나에서 동생 셋과 함께 지냈다.

큰집에 살면서 자기 방을 가지고 있던 친구 점순이가 항상

부러웠다.

"나는 왜 내 방이 없을까?"

"우리 집은 왜 작을까?"

동생들이 없었으면 좋겠다고 생각한 적도 있다.

그때부터 난 큰 집을 그렸다.

초록색 잔디가 깔려있는 빨간 벽돌의 2층 집.

대학을 졸업하고 서울로 올라와 일을 시작하면서

어느새 빨간 벽돌집을 잊고 살았다.

돈을 벌면 계획 없이 쓰고 남으면 저축하는 식이었다.
옷, 가방, 신발 등을 사면서
외로운 타지생활의 허한 마음을 달랬다.
그렇게 나의 빨간 벽돌집은 점점 더 멀어져갔다.
남편을 만나 큰 돈을 벌면서 나의 씀씀이는 커져갔다.

그러다 남편에게 좋지 않은 일이 생기면서
큰 고통을 겪게 되었다.
그렇게 비싼 대가를 치르고서야 정신이 들었다.
겉모습이 아닌 내면의 성숙함이 얼마나 중요한지
50대가 되어서야 깨달았다.
"그래, 아직 늦지 않았어."
"아직 건강한 나와 사랑하는 남편이 내 옆에 있잖아."
"다시 시작하면 돼!"
부정적인 생각을 걷어내고 긍정을 선택했다.
밝은 미래가 그려졌다.

예전에 비해 돈은 적지만 생각을 달리하니
점점 행복이 보이기 시작했다.
내면을 다지니 일도 잘 풀려갔다.
어렸을 때 그렸던 초록색 잔디가 깔려있는 빨간 벽돌집을 다시 꿈꿀 수 있게 되었다.

콩알이가 신나게 뛰어노는 초록색 잔디가 깔려있는 마당.

그리고 사랑하는 남편과 차 한 잔 마시면서

그 모습을 바라보고 있는 나.

10년 후 내 모습을 지그시 눈을 감고 다시금 그려본다.

5

자유

서상희

"엄마! 나 오늘 문제집 사야 돼. 돈 필요하다고."
"오늘은 없다. 내일 줄 테니 오늘은 그냥 학교 가거라."
아침부터 돈 때문에 엄마와 나는 실랑이를 벌였다.
결국 돈 없이 학교로 가는 나의 얼굴엔
짜증과 원망이 가득하다.

어릴 때부터 살림이 넉넉하지 않았다.
매번 거절당하니 엄마에게 돈 달라는 말을 꺼내기가
늘 두려웠다.
어린 나이였지만 '우리 집은 가난하다'는 생각이
머릿속에 각인되어 있었다.
그래서 돈을 떠올리면 우울한 감정이 들었다.

엄마와의 실랑이, 울면서 등교하는 내 모습이 떠오른다.

이제까지 살면서 '돈'에 대해 깊이 있게 생각하지 않았다.
20대 초반, 월급을 받아 엄마에게 꼬박꼬박 생활비를
드렸을 때 기쁨을 느꼈다.
결혼 이후에는 돈을 모아 집을 장만하고
원하는 옷을 사고 물건을 사는 데 돈을 소비했다.
때론 기분 좋아서 돈을 쓰고, 때론 기분 나빠서 돈을 쓰고….
돈은 기분 해소용이었다.
소중한 돈에 대해 성찰해 보지 않았던 내 모습이 부끄럽다.
이제부터 '돈'에게 나의 감정과 생각을
공기처럼 불어넣어야겠다.

돈을 의미 있는 곳에 쓰고 싶다.
부처님 전에 희사금, 취약 아동 후원 등
돈에 기쁨의 날개를 달아주자.
그리고 10년 후인 2034년까지
50억 원을 소유한 부자가 되어 있는 나를 꿈꾼다.
넉넉한 마음으로 주위를 돌아보자.
어려운 이웃에게 먼저 손 내미는 따뜻한 사람이 되고 싶다.

전화 한 통이 왔다.

"서상희 후원자님, 오늘 후원회 행사에 초대하고 싶습니다.

10년간 저희 단체에 기부해 주신 고마움의 표시입니다."

잔뜩 멋을 부려 옷을 우아하게 차려입었다.

들뜬 마음으로 가족들과 함께 집을 나서는 모습을 그려본다.

미래의 내 모습은 돈으로부터 자유로워져 있다.

6

진짜 성공

김민주

새싹이 돋아나는 따뜻한 봄날이면 어린 나는 외로웠다.

"돈이 있어야 사는 세상이야. 힘들어도 지금은 열심히 일해야
해."

이른 새벽 농사일을 나가면서 주문을 외우던 엄마의 목소리
에 잠에서 깨어났다.

'돈을 벌어야 하는구나. 그래서 부모님은 이렇게 일찍 일어나
시나 보다.'

새벽에 밭일을 하러 집을 나가시는 부모님을 보면서 어린 나
이에도 고생하신다는 생각을 했다. 한편으로는 엄마와 놀지
못하는 아쉬움도 컸다.

사랑하는 가족들과 함께 하기 위해 내게 돈은 꼭 필요했다.

덕분에 나는 고3 학생시절 취업을 하고 부지런히 돈을 벌었다. 어린 시절 우리 3남매를 키우느라 애쓰신 부모님께 조금이라도 여유를 선물하고 싶었다. 함께하지 못했던 시절에 대해 보상이라도 받고 싶었는지 모르겠다.

내가 번 돈의 대부분은 나보다 가족을 위해 먼저 사용했다. 마음이 울적할 때마다 부모님의 옷을 사고, 아들이 좋아하는 곳으로 여행을 가고, 어린 시절의 부족함을 채우기 시작했다.

"이제 옷 그만 사라. 죽을 때까지 다 입지도 못하겠다."
부모님의 말씀에 정신이 들었다. 과거의 외로움에 빠져 지금 현실을 살아내지 못하는 내가 있었다.
'이제 할 만큼 했어. 정신 차리자. 지금은 우리 가족 충분히 즐기면서 살고 있잖아.'
좀 더 현실적이고 체계적으로 경제를 배우기 위해 모임에 등록하고 책을 읽었다. 또한 다른 사람들의 경험을 간접 체험했다.

'지금 이 옷, 부모님이 좋아하실까? 우리 아들, 오늘은 여행 가고 싶을까? 내 기분이 좋아지려고 했던 행동들은 아닐까?' 하고 고민하기 시작했다. 그리고 내가 아닌 상대의 입장에서 생각하게 되었다.

가족들이 먼저였던 나의 기준이 조금씩 변화하면서 자유가 생겼다. 나에게도 아들에게도 그리고 가족들에게도 각자의 시간과 공간이 생기니까 훨씬 더 많은 여유와 웃음이 찾아왔다.

나는, 사랑하는 사람들과 건강하고 행복하게 사는 인생이 성공한 삶이라 생각한다.

2038년 나는 100억 자산가가 되었다. 나 자신을 먼저 사랑하고, 가족과 주위 사람들에게 사랑을 나누어 주기 위해 나를 잘 알아차리고 마음을 채운다.

"김민주 사장님. 5층 빌라 오늘 입주 날입니다. 1층은 어린이집으로 편안하게 만들어졌어요."

가족 모두가 모일 수 있는 공간. 도움의 손길이 필요한 어린아이들을 맞이할 수 있는 따뜻한 어린이집에서 원아들을 만나는 날이다. 행복하게 웃는 가족들, 아이들의 손을 잡은 할아버지와 할머니, 아빠와 엄마들의 감사함이 묻어나는 인사에 인생 참 잘 살았구나 싶은 뿌듯함이 느껴지는 순간이다. 이렇게 좋은 날, 하늘도 감동해서 눈물을 선물해 준다.

지금 이 순간, 내 손을 꼭 잡고 있는 아들, 며느리, 손자, 손녀와 함께 사는 날까지 건강하게 살아야지 하고 다짐해 본다.

7

가슴이 벅차오른다

박권아

내가 어릴 적 부모님은 경제적 어려움으로 종종 크게 다투셨다. 그리고 내가 초등학교 1학년 때 두 분은 헤어짐을 선택하셨다. 나는 부모님처럼 살지는 말아야겠다고 생각했다. 할머니에게 용돈받는 게 미안할 만큼 돈에 대해 불편한 감정이 들었다. 돈의 필요성을 빨리 깨닫게 되었고, 아르바이트를 하며 돈을 벌기 시작했다. 고 3때 취직을 했다. 사고 싶은 것도 사고 100만 원씩 저축도 하고 친구들 선물도 사주었다.

하지만 돈을 관리할 줄은 몰랐다. 직장인으로서 한정되어 있는 수익과 일의 한계를 느꼈다. 이후 자영업을 시작했다. 열심히 했고 돈을 잘 벌었다. 하지만 예기치 못했던 국가 위기 때마다 흔들리는 경제활동으로 스트레스가 쌓여갔고, 안 좋은 일들이 한꺼번에 생기면서 건강까지 무너졌다.

그렇게 4년이 흘렀다. 어느 날 전신거울을 봤는데 10kg 이상 살이 쪄 있는 망가진 내 모습이 눈에 들어왔다. 나도 모르게 눈물이 흘렀다.

"이건 내가 아닌데…. 이대로는 안 되겠다."하고 다짐했다.

먼저, 건강을 찾기 시작했다. 동시에 새로운 일에 도전했다. 또한 어릴 적 형성되어 있었던 경제 청사진을 바꾸기 위해 긍정 마인드로 확언했다.

"나는 부자다."

"나는 온 우주의 성공 기운을 받고 있다."

"나는 돈을 사랑하고, 돈도 나를 사랑한다."

확언을 외칠 때마다 가슴이 벅차고 눈물이 났다.

성공 습관 관련 책을 읽으며 성장하는 사람들과 어울렸다. 그들에게서 긍정 에너지를 받으니 희망과 꿈이 생겼다. 내면이 바뀌면 지금의 삶도 변화한다는 걸 알게 되었고, 성공자들의 삶을 따라하는 루틴을 만들었다. 성장을 위해 노력하면 반드시 기회가 온다는 것을 믿었다.

2024년도 7월, 드디어 나는 '월 천 여사'가 되어 안정적인 삶의 궤도에 올라섰다. 그리고 2025년, 백만장자가 되어 내가 배운 기술과 경험을 사람들에게 알렸다. 그들에게 새로운 기회를 제공하며 나처럼 성장할 수 있도록 도왔다.

그 후 나는 400억 대 자산가가 되었다. 많은 사람을 돕고 내 이야기를 책으로 써서 전 세계를 여행하며 베스트셀러 작가로 활동하게 되었다. 사랑하는 가족들과 반쪽 그리고 함께 성공한 10명의 파트너들과 하얏트 호텔 만찬 자리에 모두 모여 함께 축하해 주었다.

"우리 엄마, 고생하셨어요. 세상에서 제일 예쁜 엄마! 엄마가 우리 엄마라서 자랑스러워요."

사랑하는 두 딸이 나에게 미소 지으며 이야기해 주었다. 우리는 뜨거운 포옹을 나누었다.

"긍정과 열정, 굽히지 않는 믿음으로 지금의 성공을 이루심을 진심으로 축하드립니다. 늘 사랑과 따뜻함으로 대해 주셔서 감사합니다. 저희도 배우고 따르며 평생 함께하겠습니다."

파트너들의 기립 박수가 이어졌다. 꽃다발을 받으며 감동의 눈물을 흘렸다. 함께 샴페인 잔을 채워 들었다. "짠!" 건배를 외치며 나의 중년은 찬란하고 멋지게 빛나고 있었다.

내 가족, 내 사람들이 있기에 지금의 나도 존재하며 멋지게 살아가고 있다.

모든 순간이 감사하다.

가슴이 벅차오른다.

사랑과 돈

정연홍

돈이 얼마나 있어야 많고 얼마나 있어야 적은 것인지
기준은 없다.
기준은 마음의 여유에 있는 것 같다.
하지만 돈이 없으면 이 세상을 살아가는 데
불편한 것이 많다.
안 보이는 마음도 움직이게 하는 것이 돈이다.
사랑만 있으면 다 될 것 같지만
돈이 없으면 이 추운 겨울에 얼어 죽기 십상이다.
사랑과 돈은 다 있어야 한다.

버는 자랑 말고 쓰는 자랑 하랬다고
돈은 어떻게 쓰느냐에 따라 가치가 달라진다.

생각을 하고 돈을 소비하면 후회되지 않지만
아무 생각 없이 돈을 소비하면 후회도 따르고
돈의 가치도 떨어진다.
돈을 따라 사는 돈의 노예가 되는 것이다.

그렇다면 나는 어떤 사람이 되어야 할까?
지금이라도 늦지 않았다.
열심히 돈을 벌고 돈을 불리고
잘 관리하는 사람이 되고 싶다.
그래서 최대한 베풀며 살고 싶다.
사람들에게 돈을 관리하는 방법에 대해
가르쳐줄 수 있는 사람이 되고 싶다.

그러고 보니 돈은,
사랑을 표현할 수 있는 좋은 도구이다.

9

곰돌이 푸의 미소를 보기까지

강승구

"돈이 인생의 전부는 아니지만 원하는 목표를 이루는 삶을
살기 위해선 돈이 발판이 되어야 한다."

왜냐하면, 발을 디딜 곳이 있어야 자유롭게 움직일 수 있기
때문이다. 나는 어릴 적부터 목표를 정하고 돈을 모아 왔다.
그 중 첫 번째 경험담을 나누려 한다.

여섯 살 때 즈음, 트랜스포머 영화에 나오는 범블비 피규어
가 갖고 싶었다. 그래서 나는 세뱃돈, 용돈, 심부름하고 받은
돈, 용돈벌이 등으로 돈을 벌고 모으며 범블비 피규어를 사
기 위해 노력했다. 그렇게 몇 년 동안 돈을 조금씩 벌고 모으
다 보니 어느새 통장엔 400만 원이라는 돈이 있었다.

통장에 찍혀 있는 금액을 보고 나는 너무 기뻤지만 피규어를

사고 싶지는 않았다. 왜 그럴까 곰곰이 생각해 보았다. 내가 힘들게 모은 400만 원을 범블비 피규어를 구입하는 것에 사용하고 싶지 않았기 때문이다.

이때 난 조금이나마 돈의 가치를 알게 되었다.

"아, 내가 진정 원하는 것은 이것이 아니구나." 깨닫게 된 것이다. 내가 원하는 것과 원하지 않는 것, 필요한 것과 필요하지 않은 것을 구별하는 지혜가 조금 생긴 게 아닌가 싶다.

돈을 벌고 모으면서 직접 가져보니 많은 것을 배울 수 있었다. "이것이 내가 진정으로 원하고 필요로 하는 것인가?" 사고 싶은 물건이 생기면 양심에 손을 얹고 나에게 딱 세 번만 질문해 본다. 그래도 원한다면 자유롭게 선택한다.

요즘 나에겐 새로운 목표가 생겼다. 아빠에게 자동차를 사드리는 것이다. 나는 2025년 16살이라는 나이에 3억 자산가가 되었다. 아빠께서 원하시는 자동차를 사 드리기에 충분한 돈이다.

"아빠에게 자동차를 사드리는 것이 진정 내가 원하고 필요한 것인가?"

변함없이 나에게 여러 차례 질문해 본다. 질문할 때마다 나의 대답은 '그렇다'이다. 아빠에게 자동차를 너무도 사드리고 싫었다.

가족과 함께 제네시스 매장에 갔다. 아빠는 차를 고르고 계셨다.

"승구야, 아빠가 원하는 차 정했어. G80 모델에 마칼루 그레이 색상이야."

나는 아빠께 질문했다.

"아빠, 이 차와 이 색을 원해요?"

아빠는 원한다고 대답하셨다.

나는 자동차를 구매하기 전, 한 번 더 질문했다.

"아빠, 진심으로 이 차와 이 색을 원해요?"

아빠는 곰곰이 생각하시더니 말씀하셨다.

"음, 색상을 세빌 실버로 바꿀래."

나는 아빠의 확실한 결정을 듣고 행복한 마음으로 자동차를 구매해 드렸다.

가족들과 아빠는 너무너무 좋아하셨다.

아빠의 표정은 마치 곰돌이 푸가 달콤한 꿀을 먹는 꿈에 빠져 행복한 미소를 짓는 것 같았다.

10

빛이 되기를

박보배

문경에 있는 시골 중학교를 다니던 1학년 시절 때 이야기다.

우리 집에서는 돈 구경하기가 힘들었다.

나는 여름 방학이 되면 농사가 잘 된 토마토를 시장에 내다
팔아야 했다. 부모님은 농사일로 바쁘셔서 시장에 내다팔 여
유가 없었기 때문이다.
아버지가 나를 힐끔 쳐다보시면 리어카에 토마토를 실고 시
장으로 갔다.
토마토를 주고 돈을 받았다.
'오호! 요고요고 재밌네.'
이게 돈맛이로구나 싶었다.

나는 용돈이 필요했다. 당시 학교에는 매점이 없었다. 학교 앞 구멍가게에서 사탕 한 봉지를 500원에 사면, 개당 원가가 25원이다. 사탕 하나를 50원에 친구들한테 팔았다. 소문을 듣고 옆 반 아이들도 사러 왔다. 사탕을 모두 팔면 딱 천 원이 된다. 500원을 저금하고 다시 사탕을 샀다.

그렇게 하기를 몇 번. 공부보다 선생님이 모르는 비밀 매점을 운영하는 것에 훨씬 더 재미가 들렸다. 들키기 전까지 용돈도 벌고 엄마 옷도 사 드렸다.

어른이 되어서는 돈 쓰는 것이 재미있었다.

소비를 할 때마다 내가 중요한 인물이 된 듯했다.

돈을 쓰러 가면 사람들이 환영해 주고 친절을 베풀었다.

돈을 버는 것보다 쓰는 것에 훨씬 더 매력을 느꼈다.

사랑받고 있다는 착각을 했던 것이다.

큰 돈이 필요하면 꾸러가시던 아버지 뒷모습.

자다 깨어 부모님의 소곤소곤 이야기를 들으면

늘 돈을 걱정하시는 내용이었다.

지금도 기억 속에 남아있는 부모님의 슬픈 모습이다.

이제 나는 가난의 고리를 끊으리라.

나로부터 반드시 이 일을 해내자.

2029년, 드디어 나는 '10억 현금 만들기'를 해냈다!

'무엇이든 할 자유, 아무것도 안 할 자유'를 나의 인생 나침반으로 삼으며 열심히 살아왔던 지난날을 돌이켜 본다.

파마넥스 건강사업에 함께 뛰어온 100여 분의 대표님들,

가족 이상으로 정과 의리로 똘똘 뭉쳐서 성과를 이루어내며 달려온 지난 시간이 귀하다.

이제 이분들의 성장과 성공을 함께 기뻐하고 지켜보는 기쁨을 인생 목표로 삼을 것이다.

일을 사랑하고

사람을 사랑하고

삶을 사랑하니

일과 삶이 하나가 되었다.

나의 삶 자체가 메시지가 되어 빛이 되고 에너지가 되었다.

행복한 성공이 선순환이 되기를 바라는 마음으로 이 글을 쓴다.

큰 아들 내외가 나의 책 출간회 참석차 내려왔다.

부모인 나의 뒷모습에 괜찮은 그림자가 드리워지기를,

자식들에게 끝까지 힘이 되고 빛이 되기를 바라본다.

11

나는 축구 선수가 되었다

김예준

돈은 좋은 거다.
돈으로 맛있는 걸 사 먹을 수 있고 사줄 수도 있으니까.

돈은 벌기는 쉽지 않은 것 같다.
아무것도 안 하면 돈을 벌 수 없기 때문이다.

과자를 먹고 싶을 때 한 번 더 생각해 보고 사 먹어야겠다.
맛난 음식 사 먹는 것에 돈 많이 쓰지 말고
저금도 하고 아껴서 써야겠다.
그게 좋은 것 같다.

'나는 아빠처럼 엄마랑 잘 살고 힘이 센 축구 선수가 되고 싶

어. 그런데 돈이 생길 때마다 족족 과자를 사 먹으면 내가 원하는 축구 선수가 될 수 있을까?'

과자를 사기 전 나에게 질문을 하기 시작했다.

그리고 집에 혼자 있을 때 과자를 먹지 않고 축구를 했다.

2029년 1월 27일, 나는 축구 선수가 되었다.

그리고 내 옆에는 가족이 있다.

"역시 우리 예준이는 해낼 줄 알았어!" 엄마가 환한 미소로 말씀하셨다.

"축하해. 꿈을 이루었네." 아빠는 나의 어깨를 토닥여 주셨다.

나를 축구 선수로 만들어 주신 코치님한테 드릴 선물을 들고 집을 나섰다.

빛

김나림

"있는 놈이 더 하다."

나는 엄마가 이런 말씀을 하실 때마다

'돈이 있다는 것은 악하다는 뜻이다.'라고 생각했다.

우리 식구가 세들어 살고 있던 집주인은 악했다.

어린 나에게 대하는 눈빛, 말투, 수치심을 주는

그들의 태도에서 알 수 있었다.

'돈을 많이 가지게 되면 사람은 악해지게 되어 있어.'

'돈은 다른 사람에게 빌리지 않을 정도로 적당히만 있으면

돼.'

자연스레 이런 생각을 가지고 성장하게 되었다.

이러한 생각은 돈뿐만이 아니라,

물건, 음식, 사람관계, 감정,

심지어 나의 비즈니스에도 적용되고 있다는 것을 알게 되었다.
돈 공부 모임을 선택하고 지속적으로 공부를 한 덕분이었다.
함께 공부하는 수강생들의 이야기를 듣고,
경제 청사진과 무의식의 결과값을 보면서
나에겐 돈에 대한 증오와 수치심이 잘못 입력되어 있음을
깨닫게 된 것이다.

성장 배경 때문에 어쩔 수 없었고 어린 내가 그 감정을
선택했을 뿐이라는 것을 인식하고 인정했다.
그리고 이제 나는 다른 감정을 선택할 수 있다는 것도
깨닫게 되었다.
패러다임이 바뀌고 생각이 깨어나니 사명이 명확해졌다.
'삶의 질을 향상시키고자 하는 사람들이 자신의 삶 속에서 위
대한 잠재력을 최대치로 발휘할 수 있도록 몸과 마음이 깨어
나는 것을 도우며 가장 아름다운 나를 만나게 하는 것.'

나의 사명이 실현되어 '빛 놀이터'가 설립되었다.
빛 놀이터에서 빛이 가장 아름답게 들어오는 공간에서
출간회를 준비하고 있다.
2029년 5월 2일, 출간회에서 쓸 양산 속 그림이 완성되었다.

13

새롭게 태어나다

변혜영

나에게 돈이란,

자유다.

사랑도 행복도 건강도 아름다움도 돈이 있을 때 가능하다.

사랑으로 전기세를 낼 수는 없지 않은가.

내가 태어났을 때 부모님은 돈을 벌기 위해

나를 외할머니께 맡겨 두고 타지로 나가셨다.

10년이 지나 부모님 곁으로 돌아갔을 때

부모님은 부족한 돈 때문에 자주 다투셨고

엄마는 스스로 지구별을 떠나려 하신 적도 있었다.

그런데 나의 지갑에는 돈이 있었다.

왜일까?

어린 시절 나에게 외할머니와 고모께서 자주 말씀하셨다.

"너는 부자로 잘 살 거야.

 점을 봤는데 큰 기와집에서 잘 산다고 했어."

그래서인지, 가난했지만 부자가 부럽지 않았다.

난 부자로 잘 살 거라는 믿음이 있었다.

돈이 들어오면 잘 간직했다.

아빠는 나에게 '돈 새라'고 하셨다.

나에게는 항상 돈이 있다고.

어느 날 눈을 떠 보니

부모님과 동생은 지구별을 떠났고, 나는 병원에 있었다.

그 이후 돈을 모을 필요가 없다고 생각했다.

20대에 돈이 없어 영양실조로 쓰러지며

푸세식 변기에 한쪽 다리가 빠지기도 했다.

25살에 결혼을 하면서 10년 안에 10억을 모으고

50이 되면 일을 하지 않을 거라 다짐했다.

결혼 10년차,

자산 10억을 모았으나 7년 만에 모두 사라졌다.

딸아이 고등학교 졸업 때 등록금을 완납하지 못해 졸업장을
받지 못할 상황까지 갔다.

그 이유가 무엇일까?

남편과의 불화로 '너는 바닥을 쳐야 해.'라는

나의 무의식이 만든 결과였던 것 같다.

내 나이 오십 중반, 돈 공부를 하며 알게 되었다.

의식을 높이면서 새롭게 태어났다.

지금 내 나이 칠십.

현금 10억 부자로 꿈꾸던 일들을 한다.

손자, 손녀의 든든한 지원으로

매달 천 명의 아이들에게 밥을 주는 내가 되어 있다.

이것이 돈이 주는 자유다.

14

주는 기쁨

이진결

어릴 때 아버지는 당뇨병을 앓으셨다.
그래서 일을 잘 하지 못하셨다.
그런 아버지를 보며 항상 엄마는 이렇게 말씀하셨다.
"먹고 놀면 돈이 나오나, 밥이 나오나?"
아픈 아버지에 5남매를 둔 엄마.
장손 집안에 시집 와 열두 번도 넘는 제사를 치르며
힘겹게 살아가는 엄마를 보며 생각했다.
'나는 엄마처럼 살고 싶지 않아!'

가난이 너무 싫었다.
어릴 때부터 부자가 되고 싶었다.
그래서 고등학생 때 아르바이트를 해서

사고 싶은 것도 사고, 하고 싶은 것도 하면서 살았다.

어느 순간 나는 쇼핑중독자가 되어 있었다.
결혼을 하면서부터는 더 이상 이렇게 살 수는 없었다.
하나를 사더라도 신중해졌다.
예쁜 것보다는 실용성을 먼저 생각하게 되었다.
하지만 또 허한 마음을 달랠 때엔 옷을 사고
집 꾸미는 데에 돈을 쓰기 시작했다.

진짜 변화가 필요했다.
일도 하고 경제 공부를 하면서 돈의 소중함을 알게 되었다.
책을 읽고 글쓰기와 공부를 했다.
나눔을 좋아하는 나이기에 부자가 되어야겠다는
명확한 목표가 생겼다.
내가 성공을 해야 내 주위 사람들도 잘 되게 도와줄 수 있다.
그러기 위해서 나는 꼭 발전하고 성공할 것이다.

2030년 3월 4일.
나는 100억 자산가가 되었다.
집에 친구들과 지인들을 초대해 파티를 한다.
"진결아, 정말 멋있어."

"초대해 줘서 고마워."
친구들에게 꼭 필요한 선물을 하며
나는 마냥 행복하다.
주는 기쁨이 이렇게 행복할 줄이야!

이진결!
진짜 부자가 된 것을 축하해!

15

오늘부터

김성자

어린 6남매를 어머니 혼자서 키우셨다.

용돈 한 번 받아 본 적 없는 나의 어린 시절이었다.

가난은 정말 지긋지긋했다.

결혼을 하고 아이들을 낳고

바로 맞벌이를 했다.

가난을 아이들에게 물려주기는 죽기보다 싫었다.

내가 어릴 적엔 꿈도 못 꿨던 원어민 영어학원에

아이들을 보내고 자녀 교육에 목을 맸다.

아이들은 가난을 경험하지 않도록

내가 할 수 있는 것들을 다 했다.

아이들을 통해 대리만족을 하고 싶었던 건지도 모르겠다.

차근차근 저축하기에는 내 마음은 너무도 급했다.
잘 알아보지도 않고 여기저기 덥석 투자하며
일확천금을 꿈꿨다.
자영업에 아무 경험 없는 남편이 사업을 시작할 때에도
준비가 미흡했다.
십수 년 모았던 재산이 연기처럼 사라지는 것은 순식간이었다.

잃고 나서 알게 되는 것들.
나는 돈을 쫓기만 했지,
돈의 성질과 중요성을 알지 못했다.

하지만 이제는 바뀌고 있다.
돈을 제대로 알고자 경제 공부를 늦게나마 시작했다.
소비 형태도 바뀌고 있다.
감정에 치우치지 않고 꼭 써야 되는지에 대해
생각하고 생각한다.
돈의 진짜 가치를 알고 사랑에 빠질 준비를 하고 있다.

어릴 적부터 나는 불쌍하고 힘든 사람들을 보면
그냥 지나치지 못했다.
하지만 그렇게 돕기만 하는 건 무의미하다는 것을 알게 되었다.

가치 있게 돕는 방법을 알아야 하고
그러기 위해선 나부터 채워야 했다.

확신을 가지고 가슴에 불을 당기자!
60세에 시작될 실버케어센터의 성공과 확장을 위해
하고 있는 공부 외에도 경제 공부, 영성 공부에
꾸준히 집중하자!
반드시 실버케어센터를 성공시켜서
내 나이 65세가 되면 통장에 30억의 자산을 만들어
풍요로운 노후를 시작할 것이다.
가족과 형제들 그리고 친애하는 이웃들을 초대해
기념 파티를 열 것이다.
그 모습을 머릿속에 저장하자!
오늘부터 가능성을 열고 시작해 보자!

나의 느낌표는 이미 시작되었다.

16

세상을 바꾸고 있어요

노신희

나는 어릴 적, 부자는 심술 많은 놀부라고 생각했어요.
모든 재산을 다 가져간 무서운 큰아버지가
저에겐 부자의 모습이었죠.
부자는 나쁘다는 고정관념이 생기기 충분한 이유였습니다.

돌배기 저를 두고 일을 시작한 엄마.
돈이 아니었으면 제 곁에 엄마가 늘 계셨겠죠.
그래서 저에게 돈은 더욱 더 나쁜 것이 되었습니다.
때문에 누린 것에 감사한 마음을 가지지 못했던 것 같아요.

2008년 연말, 남편이 주었던 보너스 1,200만 원.
무엇을 살까 고민하다가,

꼭 필요하지 않은 물건들을 사고

모조리 다 써버린 기억이 납니다.

돈이 생기면 모두 없애 버렸던 것이

저의 경제 습관이었어요.

하지만 40대 후반이 되어

나를 찾는 공부를 하면서 깨달았어요.

엄마는 사랑하는 딸에게 많은 것을 해주고 싶어서

마음이 아픈 데도 일을 시작하셨다는 사실을요.

그리고 주변을 살펴보았어요.

진짜 부자들은 다른 사람들에게 많은 것을 베풀고

나누는 삶을 살아간다는 것을 알게 되었습니다.

내 마음이 허전할 때는 필요 없는 옷을 사고

사치도 많이 하는 제 모습도 스스로 알게 되었죠.

이제는

돈이 풍족한 부자도

마음이 풍족한 부자도

될 수 있을 것 같아요.

2040년 저는,

60억 자산가가 되었어요.

나의 수많은 인생 경험을 수천 명에게 전달하고

함께 도와주는 삶을 살고 있는 저는 매일 행복합니다.

눈빛이 밝은 수많은 사람들의 생각과 가슴을

두드리고 깨어나게 하는 제 삶이 소중합니다.

그들의 길 끝에서 여전히 나는 함께 가고 있어요.

나의 앞에서 따뜻이 손을 잡고 당겨주시던

그분들을 닮아가고 있습니다.

우리는 그렇게 함께 세상을 바꾸고 있어요.

나는 감사를 나누는 행복한 부자입니다.

17

희망이 생겼다

권혜인

"지금 모아 놓은 돈이 얼마 되니?"

주변 사람들이 물어보았다. 마지못해 금액을 이야기했다.

"모아놓은 돈은 집 짓는 곳에 보탰어요."

말을 하면 칭찬이 계속 들려온다.

돈은 모아놓는 족족 집안에 들어갔다.

그렇게 모아진 돈들이 새로운 집에 들어간다는 건 좋았지만

내 수중에 돈이 없으니 허한 마음이 들었다.

어느 순간, 무엇을 위해 돈을 모으는지 의문이 들었다.

몇 년의 시간이 흘렀다.

나는 돈을 더 알뜰하게 쓰기 위해 재테크를 공부하기 시작했다.

부정적인 생각이 들 때마다

재테크 정보를 찾고 활용하는 데에 마음을 쏟았다.

그렇게 적은 돈들을 모으고

그 돈으로 비싼 커피를 한두 번씩 사 먹었다.

적게 모아놓은 돈으로 사 먹으니

생활비가 훨씬 절약되었다.

정보를 얻고 활용을 하니 더 뿌듯한 마음이 들었다.

이렇게 생활을 하면 집안에 들어간 돈들을 천천히

다시 모을 수 있겠다는 희망이 생겼다.

알뜰하게 모은 돈들은 미래의 내가

집과 차를 사는 데에 보탬이 될 것이다.

18

참 좋다

이정숙

돈 하면 부자 하면 현대 정주영 회장님이 떠올랐다.

초등학교를 중퇴하고 소 한 마리 몰고 집을 나와 이룬

일가가 현대그룹이다.

우리 아버지도 초등하교 중퇴셨고

새벽같이 일어나서 일하셨는데

우리 집은 왜 이리 가난하지?

안 먹고 안 입고 절약하여 모은 돈을 지인에게 빌려주고

못 받아서 우시던 엄마 모습이 떠오른다.

어린 나이였지만 난 결심했다.

보증 서고 돈 빌려주는 일은 하지 않겠다고 말이다.

결혼 후에는 남편과도 다짐했다.

나는 절제하고 저축하는 습관이 몸에 배어 있었다.
이것이 곧 나의 경제 청사진이기도 했다.
시골 청도에서 대구에 있는 경북여상으로 들어가기 전,
공장에서 잠시 일을 했다.
열심히 일하고 받은 돈은 터무니없이
실망스러운 금액이었다.
'아, 이게 뭐지? 일하기 전 계약서를 쓰지 않아서
 그런 것이구나.'
계약서의 중요성을 몸으로 배웠다.

나의 몸값을 올리기 위해 사업을 하고
책을 읽자는 결심을 했다.
95퍼센트의 돈에 5퍼센트의 사람만이 도전하는
비즈니스 공부를 했다.
성공한 사람들의 강의를 듣고 실행하고
나의 것으로 만들어가는 시간들이 축적되어
백만장자가 되었다.
그리고 오백만 장자가 되고 천만장자가 되었다.
곧 이천만 장자가 될 것이다.
공부하지 않고 무작정 열심히만 외치는 후배들을 위해
'돈 공부 프로그램'을 만들었다.

매주 금요일 저녁 8시, 우리들이 돈 공부하는 시간이다.
술 마시는 시간이 아닌 돈 공부 시간, 불타는 금요일이다.

2027년 66세가 된 나는 100억 현금 자산을 만들었다.
온몸으로 체득한 비즈니스의 세계를 책으로 내고
유튜브 채널을 만들어서 네트워크 비즈니스 과정 100강을
프로그램화했다.
비즈니스와 돈을 제대로 공부할 수 있는 워크샵을 통해
비결을 후배들과 나누면서 자연에서 살고 있음이 축복이다.

"이정숙 줌마대학교 총장님이 계신 제주가 좋아졌어요."
함께 돈 공부한 후배들이 미소와 함께 말했다.
"사장님 덕분에 저도 이렇게 부자가 되어 원하는 일을
마음껏 하고 있습니다. 감사합니다."

참 듣기 좋은 말이다.
돈이 많아서 참 좋다.
짱짱하게 늙어 가는 내가 참 좋다.

19

선택

이성숙

나의 어린 시절, 엄마에게 돈을 달라 말하지 못했다.

6남매를 키우는 엄마가 돈 계산 하는 모습을 보며,

'우리 집은 돈이 없어.'라고 생각했다.

나의 슬픔 때문이었을까?

우리 아이들에게 부족함 없이 원하는 건 무엇이든 들어주었다.

아이들에겐 관대했지만 나에게 쓰는 돈은 그러지 못했다.

카드대금이 나오면 '썼으니까 이렇게 많이 나오는 거겠지.'

안일하게 여기며 돈 관리를 하지 않았다.

집안곳곳에 있는 물건들을 둘러본다.

"참말로 많이 샀네. 돈 많이 썼네."

혼자 중얼거렸다.

돈 없는 사람일수록 보험을 많이 넣어야 한다는 보험 설계사.

70개가 넘는 보험에 들었다.

그리고 해약하고 계산해 보니

오히려 수천 만 원 손해였다.

결국 내가 선택한 일이었다.

명절 때나 가족들 모임 때마다 엄마는 말씀하신다.

"피땀 흘리고 어깨 빠지도록 일해서 번 돈이다. 아껴 써라."

"티끌 모아 태산이다."

"10원이라도 없으면 버스 탈 수 있나?"

적은 돈의 중요성을 항상 강조하셨다.

엄마는 알뜰살뜰 아끼고 아껴서

40년 만에 3층짜리 건물을 지으셨다.

엄마 인생의 결과물.

나도 34년 동안 미용으로 열심히 일해 3억을 모았다.

부모, 형제, 가족들과 나누던 삶이 좋았다.

그런데 가만히 생각해 보니,

나와 내 인생을 위해서는 돈을 쓰지 않았다.

왜 이렇게 억척스럽게 살아 왔을까?

글을 쓰며 더 깊이 나를 들여다본다.

이제는 나의 미래를 위해 가계부도 쓰고 돈 공부도 하면서
돈을 잘 관리하는 경제력 있는 내가 되어야겠다.
앞으로 나의 선택은
후회와 반성보다, 기쁨과 뿌듯함을 닮아 있을 것이다.

20

생각 생각 생각

윤지효

내가 고등학교 1학년 때,
갑작스레 아빠가 돌아가셨다.
충분히 슬퍼할 겨를도 없이
가장 가까운 형제와 가장 친한 친구의 배신으로
빚더미에 앉게 되었다.
인생무상만 실감했던 나의 학창 시절이었다.

결혼 전에도 결혼 후에도 열심히 일했지만
집안 경제는 나아질 기미가 보이지 않았다.
팍팍한 현실에 힘겹기만 했다.
둘째 출산과 함께 육아를 위해
어쩔 수 없이 퇴직하게 되었지만

퇴직금은 구경도 하기 전에 빚부터 갚아야 했다.
몇 년 동안 고생했던 직장생활이 허무해졌다.
열심히 돈 벌고 싶은 생각이 사라졌다.

그렇게 세월이 흘러 다시 경제활동을 하면서
돈을 모아야겠다는 생각도 함께 가지게 되었다.
다른 한편으로는
티끌모아 티끌밖에 안 된다는 생각이 들기도 했다.
기쁨과 뿌듯함을 만끽하기도 전에
저축해 둔 돈이 사라지다 보니 허망했다.
돈이 생기는 대로 써 버리고
옷 쇼핑에 아낌없이 돈을 소비했다.
급여가 두 배 이상 많아졌는데도
늘 돈이 부족했다.
이대로는 안 되겠다는 강한 생각이 들었다.

'티끌이라도 모아야지.
 아무것도 안하면 티끌조차 없어.'

경제서적에서 이야기하는 씨드머니를 모으기로 결심했다.
저축의 중요성을 깨닫고 실천에 옮겼다.

2029년,

나는 현금 10억의 자산가가 되었다.

만족스러운 돈이 생겼고,

시간으로부터 자유로운 생활을 하면서

경제적 자유를 꿈꾸는 지인들을 도와주는 삶을 살고 있다.

사랑하는 엄마,

그 무엇과도 바꿀 수 없는 나의 보물 두 딸과 형제자매,

우리는 매년 세계 여행을 하면서 아름다운 부자로

행복을 만끽하고 있다.

변화를 선택하고 행동한 결과였다.

다시 태어난 나에게 감사하다.

21

공부

신해수

어릴 적부터 텔레비전을 즐겨보았다.

어느 날, 주말 드라마를 보았다.

부잣집 사모님이 예쁜 옷을 입고

고급스럽게 보이는 가구들이 있는 큰집에서

이렇게 말하는 장면이 나왔다.

"아주머니, 나 물 한 잔 주세요."

곧이어 집안일하는 아주머니가

"네." 대답하고는 물을 가지고 왔다.

난 생각했다.

'이건 뭐지? 부잣집에는 일하는 아주머니도 있네.

돈이 많으면 좋구나.'

함께 텔레비전을 보고 있던 언니에게 말했다.

"나도 부잣집 사모님처럼 살고 싶어."

언니는 비웃으며 대답했다.

"쳇! 네가 어떻게? 드라마는 그냥 드라마야."

"나는 꼭 일하는 아주머니를 구하고

예쁜 옷 입고 편하게 사는 부자가 될 거야."

나는 다짐했다.

드라마를 보며 내가 사는 삶과 다른

부자들의 삶을 동경했다.

그 뒤부터는

명절 날 받는 용돈을 꼬박꼬박 모았다.

대학생 때도 아르바이트를 열심히 해서 돈을 모았다.

조금씩 쌓이는 돈을 보면서

곧 부자가 될 것 같아 기뻤다.

잘 모은 돈은 지혜롭게 잘 써야 했다.

나는 열심히 돈을 모았지만 부자가 되지는 못했다.

우연히 돈 공부를 하게 되었다.

돈 공부는 내면 공부와 똑같았다.

공부를 하면서 돈만 모아서는 부자가 될 수 없다는 것을

깨달았다.

돈을 버는 경로도 바꿔야 하고
돈을 관리할 수 있는 내 마음의 그릇도 키워야 했다.
내가 왜 부자가 되지 못했는지 알 수 있었다.

잠재의식에 입력되어서인지,
내가 간절히 끌어당겼는지,
두 가지 다 이유인 것 같은데
진짜 부자들의 삶도 알아가면서
부자가 될 수 있는 방법들을 배울 수 있었다.

3년 후에는 꿈꿔왔던 것처럼
집안일을 도와주는 아주머니를 고용할 테다.
크고 아늑한 집에서 예쁜 옷을 입고
친구들과 파티를 즐기고 있을 것이다.
가족들과 함께 여행도 다닐 것이다.

내 꿈을 이루는 그 날을 위해
오늘도 나는 열심히 공부한다.

22

나는 꿈을 꾸었다

이정금

1980년 가을,

내 나이 9살.

"얘들아! 우리 이사 갈 새집에 놀러가자!"

아빠가 말씀하셨다.

그 길을 가는 내내 행복하고 즐거웠다.

여러 집이 함께 이사하면서 시골동네에는 잔치가 열렸다.

하지만 새 집에서 생활한지 1년 만에

아빠의 죽음을 맞이했다.

갑자기 닥쳐온 불행과 함께 우리는 가난해지기 시작했다.

엄마는 우리 5남매에게 쓸 돈이 없었다.

옷 한 벌 사주기도 빠듯했다.

나는 옷에 포한이 생겼다.

돈은 나에게 축제의 상징이 되었다.
행복을 찾을 수 있다고 생각했다.
그래서 나는 늘 부자가 되는 것을 꿈꿨다.
사랑하는 우리 남매 자매들에게 힘이 되고 싶었다.
엄마께는 따뜻한 보금자리를 마련해 드리고 싶었다.
뉴스킨 사업을 선택해서 연탄재보다 더 뜨겁게
나의 열정을 불태웠다.
그리고 두 딸들과 함께
무엇이든 할 자유,
아무것도 하지 않을 자유를 위하여 달렸다!

지금도 평생 친구들에게
"나, 100억 자산가 되었어."라고 얘기하고
그 노하우를 알려주기 위해 달리고 있다.
그리고 역사적인 오늘을 기념하기 위해
사랑의 기념품을 선물로 준비했다.
또, 전국곳곳에 있는 평생 친구들을 만나러
여행을 갈 것이다.
돈, 사람, 나눔, 여행.

나는
진짜 행복을 찾았다.

건강한 근육질로 변한 멋진 동반자 우리 신랑,
그리고 내 소중한 이들에게 이 글을 띄운다.

나는 평범한 인간 속에 살고 있는 위대함에 열광한다.
자신의 삶 속에서 그 위대함을 끄집어내는
훌륭한 사람들의 잠재력에 몰두한다.
나는 평범하고 초라한 사람들이
어느 날 자신을 일으켜 세우는 위대한 순간을
목격하고 싶다.
나도 그들 중 한 사람이고 싶다.
그들이 꽃으로 피어날 때 그 자리에 있고 싶다.
이것이 내 직업이 내게 줄 수 있는
가장 아름다운 풍광이다.

• 구본형. 마흔세 살에 다시 시작하다 中 •

23

기분 좋은 날

김미경

돌이켜보면 나의 경제개념은
내가 처한 환경에 대해 의문을 품는 것을 시작으로
뿌리가 심어졌던 것 같다.

'옆집 친구는 엄마 아빠와 함께 사는데
왜 나는 고모 집에서 살아야 할까?'
부모님과 함께한 시간도 잠시,
헤어져야 하는 주말.
너무도 서글피 울던 나의 어린 시절이
문득 떠올라 눈시울이 붉어진다.

부모님과 있으면 항상 떼만 썼던 기억이 난다.

유아기 때에는 인형의 집을 사 달라 떼를 썼고,

아동기 때에는 걸 스카웃을 하고 싶다 떼를 썼다.

청소년기 때에는 미술에 소질을 보였지만

사정상 미술을 진로로 선택할 수 없었다.

그래서 나는 돈을 빨리 벌고 싶었다.

나는 내 자식이 원한다면

무엇이든 해줄 수 있는 부모가 되어야겠다는 생각이

깊이 자리잡게 되었다.

아이의 요구에 돈이 기준이 되지 않기를 바랐다.

부탁을 들어줄 수 없는 상황이라면

아이가 납득할 수 있게 설명을 해줄 수 있는

부모가 되고 싶었다.

아이의 심정을 알아차려 주고 공감해 줄 수 있는 부모,

원하는 꿈과 진로를 위해 소통해 주고

물심양면으로 응원해 줄 수 있는 부모가 되고 싶었다.

경제활동을 시작하면서

하고 싶은 건 바로 할 수 있는 내가 되고 싶었고,

돈을 많이 벌어야겠다 생각하며

종잣돈 1억을 모으기 전까진 결혼을 하지 않겠다 결심했다.

그로부터 20년 뒤,

굳은 결심 덕분에 내가 꿈꾸던 성공을 이루었고

베풀며 살 수 있는 삶이 찾아왔다.

50세에 나는 멋진 사업가, 현금 100억 자산가가 되었다.

미래 꿈나무들을 위해 사회에 공헌하며

좋은 영향력을 끼치는 10대 위인으로 뽑혀,

오늘은 〈포브스〉 지의 인터뷰가 있는 날이다.

인터뷰가 끝나면 내 꿈을 응원해 준 가족들과

즐거운 파티를 한다.

가족과 사회에 도움을 줄 수 있는 제2의 인생이 시작되었다.

잘 살아온 나에게 칭찬해 주고 싶다.

뜻깊은 노년기를 보낼 생각에 뿌듯하다.

기분이 너무 좋은 날이다.

24

영광입니다

송태순

'돈이 있으면 안일하고 나태하고 자린고비처럼
베풀 줄 모르는 부자가 된다.'
'돈이 있으면 남자들은 딴 짓을 한다.
그래서 돈은 가정불화의 씨앗이 된다.'
이런 생각을 하고 자란 나는
돈을 부정하고 부끄러워하고 수치스러워했다.
돈은 불편한 감정을 주었다.
그래서 그런지 저축은 뒷전이었고 늘 여윳돈이 부족했다.
돈이 조금이라도 생기면 소비하기 바빴던 기억이 난다.
한 마디로 나에게 돈은 써서 없애야 하는 것이었다.

최근에 시작한 돈 공부 모임을 통해
나의 소비 패턴과 경제 청사진을 깨닫게 되었다.

돈을 인격체로 바라보고 사랑해야

돈이 나에게 머문다는 얘기가 굉장히 인상 깊었다.

돈에게 편지를 쓰고,

아침마다 돈을 부르는 확언을 외치고 있다.

돈을 알고 공부를 하면서

내면이 점점 성장하고 있음을 느낀다.

투자 덕분에 시간의 자유가 생겼고,

이전과 다른 삶을 선택하게 되었다.

나의 삶에는 많은 변화가 일어났다.

돈이 들어오면

"감사합니다. 나에게 머물러 주어서 감사합니다."라고 말하고

돈이 나가면

"더 많은 친구들을 데려와 주세요."라고 부탁을 한다.

돈이 들어오기를 기다리는 동안

돈을 대하는 태도와 습관을 소중히 하는 내가 되었다.

옷을 사기 전에 운동해서 살을 먼저 빼고,

외식하기 전에 냉장고 안을 들여다보고 남은 재료를 체크한다.

그리고 나의 능력을 기꺼이 나눔하고 있다.

2025년 1월 29일, 연희동 나의 집.

아들과 딸이 있는 서울로 집을 옮겼다.

이제 나는, 그토록 원하던 삶의 선택권을 가진 부자가 되었다.

글 쓰는 작가의 삶을 살고 있음에 감사하다.

내 주변 사람들의 삶을 송두리째 바꿀 수 있는

부자가 되는 과학적인 방법을 내 자녀에게

제일 먼저 알려 주고 싶다.

먼저 무엇을 해야 할까?

내가 했던 것처럼 아침 루틴과 독서를 전해야겠다.

그리고 그들이 원하는 목표를 이룰 수 있도록 도와야겠다.

영광입니다.

잠자는 거인을 깨우고 행동하는 깨달음을 주셔서 감사합니다.

그 영광을 주신 당신과 함께합니다.

왜 몸이 가볍고, 정신이 자유로우며, 영혼이 평화로운가요?

글을 쓰고, 원하는 공부를 하고,

좋은 습관을 반복한 결과입니다.

늘 깨어서 관점을 바꾸며 재해석하는 능력을 갖추고

나만의 빛으로 빛납니다.

어떤 옷을 입든, 어떤 곳에 있든,

걱정하지 말라는 말씀을 기억합니다.

진정 나임에 감사합니다.

25

멋진 할머니

최경순

돈,

많으면 좋다.

돈이 있어야 내가 좋아하는 여행을 갈 수가 있다.

도움의 손길이 필요한 곳에 기부도 할 수 있고

돈이 많으면 기분도 좋아진다.

나는 돈이 많은 부자이고 싶다.

내가 중학생이었던 시절,

아버지는 빚보증을 섰다.

그리고 돈이 필요하다는 사람에게 대출을 해서 빌려줬다.

지금 환산하면 3억 정도 되는 큰 빚이었다.

결국엔 돈도 못 받고 아버지는 보증 때문에 화병을 얻었다.

점점 몸이 쇠약해지시더니, 결국 돌아가시고 말았다.

돈은 무서운 것이었다.

나는 어린 나이에 가장이 되었다.

공부를 더 해서 돈을 벌어야겠다 다짐했다.

내 나이 팔십,

오늘은 내 생일이다.

유채꽃이 만발하고 동백꽃이 아름답게 핀 춘삼월,

제주도에서 축제의 장이 열렸다.

동생들 내외와 조카들, 아들, 며느리, 손주, 손녀,

50명은 되는 것 같다.

생일잔치에 함께해 주는 식구들이 너무나 고마웠다.

과거를 돌아보았다.

20년 전, 그때 내가 그랬지.

내 나이 팔십에는 식구들 데리고 제주도로 가겠다고.

두근두근 독서모임 624. 글쓰기 수업. 맨발걷기. 해독 트래킹.

젊은 시절부터 열심히 살았지.

지금도 여전히 맨발걷기를 하며 건강관리를 하고 있다.

건강 부자,

돈이 많은 부자,

사랑이 많은 부자,
웃음이 많은 부자,
세상 부러울 것 없는
부자가 되었다.

도움의 손길이 필요한 30군데에 월 300만 원씩
선교비를 보내고 있다.
그리고 책 읽어주는 할머니가 되어 있는 내 모습이 장하다.
내 생일을 축하해 준 동생들과 손주들에게
금일봉을 주고 나니 뿌듯하고 행복했다.
행복한 작가 할머니로서 덕담을 나누었다.

서로 사랑하자.
서로 우애 있게 지내자.
그리고 삶을 즐겨라.
우리는 명품 인생이니 즐기면서 살아라.

나는 멋진 부자, 멋진 할머니가 되었다.

26

변화

한윤정

"너희들은 돈 걱정하지 마라.
 공부만 열심히 하면 된다.
 하고 싶은 것 이야기해라."

부모님은 늘 우리에게 이렇게 말씀하셨고,
풍족한 삶을 살 수 있도록 해 주셨다.
그래서 나는 돈에 대한 거부감이 별로 없다.
아빠는 섬유사업을 하셨고
엄마는 항상 아빠를 잘 도와 주셨다.
부모님은 직원들에게 늘 잘 대해 주셨다.
나는 생각했다.
'아빠 엄마는 어떻게 사람들에게 잘 대해 주시지?'

'모든 것을 내어주어야 하는 걸까?'
사람들을 잘 대해 주고 모든 것을 주어도
돈이 부족하지 않는 삶이었다.

내가 돈을 벌지 않아도,
돈이 없으면 늘 채워졌다.
점점 나는 돈의 귀중함을 모르게 되었다.
부모님을 떠나서 서울에서 대학교를 다니면서도
돈에 대한 좋은 태도를 가지지 못했던 것 같다.
나에게 있어 돈은
누군가에 의해 채워지는 것이었으니까 말이다.
내게 들어온 돈을 사랑하지 않았다.
나는 돈을 물물교환 수단으로만 생각하고 있었다.
그러니 돈이 모이지 않았고
돈을 모아도 사기를 당하거나
친구들에게 빌려주고 돌려받지 못 받는 경우가 허다했다.

지금의 나는 경제 관련 독서를 하며 돈 공부를 하고 있다.
그리고 돈에 대한 생각이 바뀌게 되었다.
돈은 물건이 아니라
하나의 인격체로 대해야 된다는 것을 알았다.

내가 돈을 사랑하지 않고 귀하게 여기지 않으면
돈도 나를 사랑하지 않는다는 것이다.
돈도 에너지로 이루어져 있고
나의 에너지, 주파수와 맞추어야 한다는 것도 알았다.
그래야 나에게 돈이 몰려오고 끌려온다는 것이다.
이제는 돈을 친구처럼 여기며 이야기도 하면서
돈의 에너지를 느끼려고 한다.

돈은 나의 내면을 성장시켜 주는 좋은 도구다.
앞으로 더 배워야 하겠지만
내가 얼마나 성장할지 기대된다.

27

지유 아카데미

정지유

"지긋지긋하다."
엄마가 돈 때문에 힘들 때마다 했던 말이다.
돈 앞에 우린 약자였다.
그리고 나는 돈이 부족하면
어떤 삶을 살게 되는지 일찍이 알 수 있었다.

반복되는 삶의 패턴을 바꾸기 위해
나는 돈을 쓰기 전에 한 번 더 생각해 보았다.
세상으로부터 가족을 지키기 위해
자아와 멘탈이 강해졌다.

2027년,
어려운 가정형편으로 꿈을 포기한 아이들에게
마음껏 꿈을 펼칠 수 있도록 돕는
100억 자산가가 되었다.

오늘은 '지유 아카데미' 창립일,
아이들의 눈빛이 반짝반짝 빛난다.
이들에게 삶의 희망을 줄 수 있는 내가 되다니!

지금 이 순간,
나는 너무 행복하다.

고민이 아닌 선택을 할 수 있는 삶

김영진

초등학교 시절,

무심코 주머니에 손을 넣으면 만져지는 100원 짜리 동전.

학교 앞 문방구로 달려가

무엇이 맛있을지 무엇을 먹어야 더 맛있게 먹을 수 있을지,

고민을 했다.

세뱃돈을 받으면

새 학기 준비물을 사야 할지,

그동안 가지고 싶던 옷가지나 장난감을 살 것인지,

더 모아서 가지고 싶던 굿즈를 사야 할지,

역시 고민과 선택 사이에 있었다.

용돈이 다 떨어졌는데 통닭이나 피자가 먹고 싶으면

부모님을 졸랐다.

하지만 돈이 없다는 이유로 며칠을 기다려야 먹을 수 있었다.

패밀리 레스토랑의 경양식 돈가스와 케이크는

생일에만 먹을 수 있는 귀한 음식이었다.

필요한 것, 원하는 것을 사기 위해서는

항상 고민을 하고 결정해야 하는 삶이였던 것 같다.

성인이 되어 직장생활을 하던 나는,

운전을 하다 조수석에 놓여있는

새콤달콤 여러 가지 맛의 사탕이 들어있는 통을 보게 되었다.

그리고 갑자기 이런 생각이 들었다.

'고민하지 않고 선택한다는 것, 그것이 행복이구나.'

먹고 싶은 음식이 있을 때면 오늘은 내가 산다며,

친구들을 부르거나 가족과 함께하는 것.

때론 호프집에서 홀로 맛있는 음식과 술 한 잔으로

하루를 마무리하는 것.

이것이 삶의 일부가 되었다.

이젠 먹고 싶은 것이 있으면 고민하지 않고

선택하는 삶을 살게 되었다.

어렸을 땐 그저 먹고 싶은 것, 가지고 싶은 것을

마음대로 하지 못한 것이 고민이었다면,

이젠 하고 싶은 것을 미리 선택해 놓고 돈을 모으며 기다린다.

가고 싶은 나라들이 있다.

그 나라의 문화, 풍경과 음식, 술 등을 즐겨보고 싶다.

이제는 무엇을 즐겨야 더 행복할 수 있을지를 선택하면 된다.

지금은 내가 하고 있는 사업들이 안정되어,

선택만 할 수 있는 삶이 되었다.

전 세계를 돌아다니며,

삶의 속도를 늦추며,

과거를 추억하며,

'그때 많이 고생했었구나.'

나를 토닥여 주고 싶다.

그렇게 남은 삶을 즐기고 싶다.

드넓은 바다, 푸른 오로라와 같이,

여유로운 삶과 함께

사랑하는 그대와 매일 건배를 나누고 싶다.

2024년 2월 8일,

사랑하는 남편에게 이 글을 드립니다.

관계

: 나는 지인들 5명의 합이다

Chapter 3

모든 사람은 다른 사람을 통해
자신을 볼 수 있다.

- 오쇼 라즈니쉬 -

해냈다 되었다

김민주

선후배 책임자들이 모여 있는 우리들의 아지트. 일주일 만에 다시 만났다. 검은 양복을 입고 앉아 있는 남자들의 모습이 까마귀 떼가 아닌가 하는 착각이 들었다. 나는 빨간 원피스를 입고 있었다.

"누구세요? 번지수를 잘 못 찾아 온 것 같은데요."
동료 책임자는 나를 쳐다보며 장난기 섞인 말투로 말했다.
"일주일 사이에 내가 너무 예뻐져서 모르겠지요?
부럽다고 말하면 비결 알려줄게요."
남자 책임자들 속에서 홍일점이었던 나는, 육십이 훌쩍 넘은 나이에도 이렇게 관심과 박수를 한 몸에 받고 있다.

"이렇게 모여 후배들에게 인생 강의를 한다고 했을 때 헛소리 하지 말라던 사람들 기억나죠?"

선배 책임자의 말에 우리를 비웃던 사람들의 모습이 떠올랐다.

"덕분에 이 악물고 버티고 공부하고 책 읽으면서 여기까지 왔잖아요."

동료 책임자의 말에 저절로 고개가 끄덕여진다.

각자의 위치에서 성공을 향해 달려가고, 서로가 서로에게 힘이 되어 주는 인생 멘토들의 향기에 취하는 지금 이 순간, 행복이 밀려온다.

'남보다 한 발 앞선 사람이 되자.'

'나는 무엇이든 할 수 있는 운이 좋은 사람이다.'

매일 아침 눈 뜨면 감사 일기장에 기록하면서 마음을 다잡아 본다.

역시, 우리는 해냈다.

함께의 힘으로 후배들의 인생에 파란 신호등을 켜줄 수 있는 인생 멘토가 되었다.

새벽 4시 그리고

김예준

새벽 4시다.

나는 축구를 잘하고 싶어서 운동장에서 훈련을 했다.

새벽별이 나를 응원해 주었다.

기분이 좋아진 나는 축구공에게 말을 걸었다.

"축구공아, 네가 있어서 나는 재미있는 축구를 할 수 있게 됐어. 내 곁에 있어주어서 고마워."

축구공이 대답했다.

"자전거에 걸려만 있어서 추웠어. 그리고 기분도 좋지 않았어. 이젠 예준이가 나를 차 주어서 기분이 좋아졌어. 고마워 예준아!"

나는 웃으며 축구공에게 말했다.

"4시에 일어나서 다시 자고 싶었는데 엄마도 나도 할 수 있다고 생각했어. 축구가 너무 좋거든."

그리고 나는,
축구 선수가 되었다.

1% 가능성이 있는 한 우리는 99% 믿음을 가질 거야.

• 네이마르(축구 선수) •

되고 싶은 우리가 되었다

김나림

춥지도 덥지도 않는 5월의 봄날.

빨간 장미와 녹색 잔디가 우리 작가님들에게 온몸으로 환호하고 있다.

야외 출간회는 처음 준비해보는 것이라 더 설레고 기대가 된다.

작가님들은 오시자마자 빨간 장미 넝쿨 앞에서 세상을 다 가진 표정으로 기념촬영을 했다.

3년 전에 심은 빨간 장미가 얼마나 고마운지 모르겠다.

"야외 결혼식 무대보다 더 아름다워요."

"우리처럼 환상적인 아름다움이죠?"

"작가가 되자고 제안해 주셨던 사장님께 내가 무슨 글을 쓰

고 무슨 책을 내냐며 몇 달은 거절했는데, 20권이 넘는 책
을 쓴 작가가 되다니요!"
"함께 하기에, 스승님이 존재하기에 가능한 일이었어요."
평범한 사람에서 글쓰기를 선택한 순간, 우리는 특별한 꽃으
로 피어났다.

이 위대한 순간을 함께 목격할 수 있는 우리는
'되고 싶은 나'가 되었다.

4

마지막 마중

김경아

벚꽃 위에 올라앉은 듯한 아름다운 2층 카페.

타일이 깨끗이 둘러져있고 나무 테이블 위 찻잔 세트가 다소곳이 정리되어 있다.

나는 아버지를 기다리고 있다.

뵙지 못한 지 20년이 되어가는 아버지. 저물어가는 노을을 두 손 다소곳이 모은 채 바라보고 있을 때 59세의 아버지가 미소를 띠며 다가오셨다.

아버지   기다리고 있었나?

나   네. 참 오랜만에 만났네요 우리. 어찌 꿈에서도 한 번 뵙기가 어렵네요. 보고 싶었습니다 아빠.

아버지 그래 우리 딸. 이제 아빠 나이보다 50살은 더 먹었구나.

나 네. 제 모습이 낯설진 않으신가요? 저 세상은 어떤가요?

아버지 이 세상이나 저 세상이나 똑같단다. 나는 저 세상에서 태어난 지 오래되지 않아 아직 돌도 씹어 먹을 청년이란다. 이 세상에 있든 저 세상에 있든 네가 마음속으로 상상을 하는 순간, 지옥도 생기고 천국도 생기지. 여기는 지옥도 천국도 없단다.

나 그게 무슨 말씀이세요?

아버지 기분 좋고 행복한 생각을 하면 천국에 있는 것이고, 화나고 우울하고 실망스러운 생각을 하는 동안은 지옥에 있는 것이지. 사실 저 세상은 비어있단다.

나 어렵군요. 그런데 저 궁금한 것이 하나 있어요.

아버지 그게 뭔데?

나 나 어렸을 때 아빠 친구의 딸이 나랑 동갑이었는데 그 아이가 나에게 말하기를 "너희 아빠가 우리 아빠였으면 좋겠다."라고 했어요. 아빠는 화를 내지 않는 아빠였지만 칭찬도 하지 않는 아빠였거든요. 그 아이는 아빠의 어떤 면을 보았기에 저러나, 평생 궁금했어요.

아버지 그랬구나. 아빠는 네 뒤에서 네가 하고 싶은 일을 돕고 잘 지켜보기는 했지만 표현은 하지 못했다. 왜냐하면 할아버지와 할머니를 모시고 사는 집에서 사실 너의 엄마에게조차도 사랑하는 나의 마음을 전하지 못했지.

할아버지 할머니가 돌아가신 후에는 어떻게 나의 마음을 전해야 하는 것인지 방법을 모르겠더구나. 사랑을 하지 않는다는 의미는 아니었는데, 너는 그렇게 생각했을 수도 있겠구나. 네게 보여주고 싶었던 나의 마음을 그 아이에게 표현을 했었던 게지.

나 네 아빠. 그랬던 거군요. 저는 솔직히 속상할 때가 있었어요. 집밖에서는 그렇게 좋은 아빠의 모습을 왜 나는 볼 수 없는지, 도대체 집밖에서의 아빠는 어떤 모습인지 궁금했어요.

아버지 마음을 표현하는 방법을 몰라 미안하구나. 아빠는 너를 너의 두 남동생들을 그리고 너의 엄마를 아끼고 사랑했다. 지금도 사랑하는 네가 처음 가는 저 세상길을 두려워 할까 염려되어 안내하러 왔지 않느냐. 나는 너를 진심으로 사랑한다, 딸아.

나 아빠의 진심을 말씀해주셔서 감사해요. 저도 아빠가 늘 고맙고 감사했어요. 지금이라도 아빠의 마음을 알게 되어 기쁘고 행복합니다. 우리 이 차, 맛나게 마시고 함께 가요. 길 안내를 아빠께 맡기고 편안하게 떠날 수 있어 행운이라고 생각해요. 감사해요 아빠.

긴 시간을 함께했다

최경순

바람 불면 볼이 칼에 베인 듯 차가운 날,
하지만 하늘은 눈이 부시도록 푸르렀다.
강한 햇살, 마음은 봄날.

바라만 봐도 너무 멋있는 나다.
숏컷 헤어스타일에 내 나이보다 스무 살은 어려 보인다.
얼굴 주름살 하나 없이 빛나는 지금의 내 모습.
오페라 상품권을 동봉하여 책과 함께 선물을 포장하고
우리는 경포대 근처에서 만났다.

"어머나! 어머나!"
"얘, 경순아!"

"너 얼굴에 무슨 짓 했니?"
난리 부르스였다.
여자 셋이 모이니 웃음이 끊어지질 않는다.
몇 년 만의 만남일까?
서로의 모습이 아름답게 익어가는,
우리는 친구다.

"경순아, 너는 해낼 줄 알았어.
 젊었을 때부터 바지런하게 취미생활 했잖아.
 자기계발한다고 부지런 떨 때 알아봤어.
 결국 해냈네.
 멋있게 나이 먹는 너를 보니까 부럽다."
커피 향 가득한 카페 안은 온통 나를 칭찬하는 이야기꽃이
피었다.

"나는 할 수 있다!"를 수없이 외치고 외쳤던 나날들.
지금 내 주변에 만나는 사람들이 '나'라는 것을 알게 되었다.

그래, 여기까지 잘 왔고
앞으로도 잘 갈 것이고
선한 영향력을 세상에 보태리라.

지금 이곳에서 우리는 웃고 있다.

너무나 행복하게.

성공한 모습.

건강한 삶.

눈만 쳐다봐도 웃음이 절로 난다.

우리는 해가 지는 줄도 모르고

긴 시간을 함께했다.

6

하늘을 날아오르는 기분

변혜영

20년 전 뉴스킨 사업을 시작하면서
1분에 한 명의 생명이 기아로 사라진다는 것을 알게 되었다.
그리고 난 다짐했다.
천 명의 아이들에게 밥을 줄 수 있는 사람이 되자고.
그리고 오늘 그 꿈을 달성했다!
마지막 미션지인 말라위로 자원봉사를 떠나는 날 아침,
하늘도 축복하듯 선선한 바람이 나를 감싸 안아준다.

벅차다.
감사하다.
행복하다.
하늘을 날아오르는 기분이다.

처음 뉴스킨 사업을 시작하고 명함도 전달하지 못해
주머니에서 만지작거리다 돌아온 날들도 있었지.
나의 꿈을 전하고 바이타밀 한 포만 기부하자 했을 때
"나도 밥 먹기 힘들어. 너나 해."라는 말을 듣고 가슴이 먹먹
하기도 했었지.
그러나 지금, 고마운 파트너들이 있어 나의 꿈을 이루었다.

나의 스폰서 문상희 사장님.
언제나 함께 공감해 준 문명희 사장님.
나의 든든한 파트너들과 함께 인천국제공항에 도착했다.
함께 갈 리더와 사장님들이 속속 도착하셨다.

모두가 하나같이,
이렇게 행복해할 수 있을까.
이것이 진정한 부자들의 모습이리라.
이곳에 함께 하는 나 스스로를 칭찬한다.

7

세젤귀와 세짱귀

김귀화

곁에서 항상 응원하고
만트라를 주는 나의 세짱귀.
황금빛 태양과 맑은 공기,
향긋한 꽃내음을 마음껏 맡을 수 있는
스위스 알프스에서
세젤귀(세상에서 제일 귀여운 엄마)와
세짱귀(세상에서 짱 귀여운 딸)를 만났다.

동화 속 주인공 하이디가 되었다.
우리 마음은 반짝반짝
에메랄드 빛 호수.
어머어머!

어쩌면 좋아.

바라만 봐도 너무 아름다운

에메랄드빛 호수.

그리고 빛나는 우리 모습.

얼싸안고 축배의 잔을 들었다.

봐.

우리가 드디어 해냈어!

우리 둘만의 여행은 힘들지 않을까,

염려하였지.

아니야.

그것은 나만의 착각이었다는 걸 깨달았어.

무작정 떠나면 되는데

할 수 있었는데

고민 끝.

아자 아자!

예쁘고 멋진 엄마와 딸의 추억을

만들어 보는 거야.

어때? 기분이.

한 달 동안의 무전여행,

네가 있어서 가능했어.
엄마에게 희망, 용기, 열정에 불씨를 일으켜줘서
정말 정말 고맙고 사랑해.

우린 이미 해냈잖아.
앞으로도 원하는 곳,
아름답고 평화로운 곳으로
자유롭게 훨훨 날아 보자꾸나.

세상은 단순합니다.
복잡하게 생각해서는 안 됩니다.
돈과 건강한 몸,
다정하고 풍요로운 마음만 있으면
모든 것이 이루어집니다.

8

배우고 쓰고

권혜인

나와 같이 글을 쓰며 함께한 강사님과 멤버들을
만나기로 한 날이다.
서울 한강이 탁 트이게 보이는 카페로 갔다.
시원한 바람이 살짝 불었다.
아름답게 단풍이 든 나뭇잎들과 맑은 하늘이 보였다.
"안녕하세요! 잘 부탁드립니다."
강사님과 멤버들에게 힘차게 인사를 했다.
서로의 글들을 읽고 피드백을 하며
지냈던 날들이 주마등처럼 지나갔다.
모두의 얼굴이 환하게 빛나고 있다.

차 주문을 하고 글에 대한 대화를 이어나갔다.

"애매하고 두서없이 쓴 제 글들을 피드백해 주시고 응원해 주
셔서 이렇게 출간 계약을 하게 되었어요. 정말 감사합니다."
함께 앉아 있는 사람들에게 고개 숙여 감사 인사를 전했다.
"작가님 글엔 진심이 담겨 있었기 때문에 꿈을 이루신 거예요."
"계약하신 것, 축하드려요!"
"이제 앞으로 책을 더 많이 쓸 날만 남았네요. 다음은 어떤
내용으로 출간할 생각이세요?"
오순도순 책과 글에 대한 이야기를 하며 풍경을 보니
저절로 미소가 지어졌다.

'성공은 열심히 노력하며 기다리는 사람에게 찾아온다.'
라는 명언처럼 글 쓰면서 배움을 선택했던
지난날들이 나에겐 성공으로 가는 과정이었다.

앞으로 나는 새로운 기회, 빛나는 기회가 많다.
그 기회들을 잘 잡아서
독자와 세상에 희망을 주는 책을 출간하는 작가로서
더 비상할 것이다.

9

만점 마인드

강승구

나의 절친들과 만나기로 한 날이다.

쿵쿵.

달콤한 향기가 난다.

우리는 커피숍 '공차'에서 만났다.

"휴, 드디어 끝났다."

"그러니까."

우리는 공감하며 공차를 쭉, 빨아마셨다.

"오옷!"

분명 익숙한 맛이지만 달달함이 뇌에 연료를 채워주었다.

펄 알맹이를 씹으며 뇌 소생술을 하는 새로운 느낌을 받았다.

"나 그때 진짜 힘들었어."

나랑 같은 음료를 시킨 친구가 말했다.

다른 친구도 말했다.

"나도 진짜 죽는 줄 알았어."

힘들었던 지난 날 이야기에

우린 다시 과거로 돌아간 것 같았다.

나는 한 번 더 음료를 마시고 난 후 말했다.

"우리가 노력한 덕분에 좋은 결과를 얻을 수 있었어.
 그래서 아주 행복해."

친구들도 그렇다는 듯 표정이 밝아졌다.

"노력한다고 모두가 성공하진 않지만,
 성공한 사람들은 노력했다는 걸 기억하자."

"스스로 인생을 계획하지 않으면
 다른 사람의 계획에 빠져들 가능성이 크다."

명언을 가슴에 품고 노력하고 계획하는 나.

그래, 여기까지 잘 왔다.

이렇게 우리들은 멋진 마인드를 가진 수능 만점자가 되었다.

10

자연 그리고 평화

이정숙

제주 산간지방.

어제는 5월의 꽃비가 내렸다.

오늘은 봄 햇살이 따사롭다.

내가 마련한 공간에서 파티가 있는 날이다.

전국에서 한 분기 동안 성과를 낸

비즈니스 리더들과의 만남이다.

내가 키운 야채, 과일, 견과류로

야채 버거 중심의 건강 식단을 준비했다.

"드디어 이곳에 오게 되었습니다. 오고 싶었습니다."

한 사람 한 사람 눈을 바라보고 손을 마주잡고 나서

포옹을 나누었다.

"수고하였습니다. 참 잘하였습니다."

3년 전 2024년도에는 제주로 오기까지 많은 고민이 있었다.
하지만 원하였고 말하니 주변에 도와주는 분들이 나타나서
새로운 인연이 되었다.
얼마나 많이 꿈꾸고 상상한 시간들이었나?
밤마다 새벽마다 이미지를 상상하며 간직한 것을
현실로 만들어서 더 기쁘다.
정착하기까지 수많은 시행착오가 있었지만,
신중하게 생각한 후 선택한 것이었기에
즐겁게 실행할 수 있었다.
"많이 꿈꾸었잖아요. 사장님이 제주에 계시니
 제주가 더욱 아름답게 느껴져요. 제주가 좋아졌어요."
그들이 있었기에 더욱 잘할 수 있었다.

당신이 상상하는 그대로 이루어질 것이다.

• 밥 프록터 •

이 명언을 가슴에 품고 날마다 상상하고 이미지를 그렸다.
"엄마는 이런 삶을 늘 꿈꾸셨잖아요?"
함께 성장하는 딸 효빈이의 이야기에
내 마음은 감사와 행복이 가득하다.
꿈꾸었고 상상했던 나날들이 합쳐져

오늘의 아름다운 풍경이 되었다.
이곳 제주에 와서 자연의 품으로 살면서
큰 에너지를 받았다.

받은 에너지를 후배들과 나누는 삶을 살아가는 나는
자연, 평화 그 자체가 되었다.

11

고즈넉이

서상희

남해 바다.

은모래가 반짝여 눈이 부신다.

바다가 훤히 보이는 예쁜 펜션에 고즈넉이 앉아 있다.

머릿속에는 어떤 고민도 없이 평화롭다.

내 옆에는 엄마가 앉아 계신다.

"엄마, 바다가 너무 예쁘다. 좋지?"

"그래, 너희들하고 같이 있으니 더 좋다."

슬며시 엄마 손을 잡아 보았다.

이젠 너무 말라서 앙상한 나뭇가지처럼 느껴진다.

하지만, 포근하다.

'엄마. 지금처럼 편안하게 오래오래 저희 옆에 있어 주세요.'

속으로 되뇌어 본다.

모든 것을 놓아 버리고 싶을 때가 있었다.

그럴 때마다 옆에서 엄마가 버팀목이 되어 주셨다.

"지나고 보면 아무 일도 아니야."

"너무 고민하지 말고 지금처럼 차근차근 다시 한 번 해 봐."

엄마 말에 힘을 내어 다시 한 번

"이 또한 지나간다!" 외치면서 견뎌 냈다.

2034년. 드디어 나의 직장 생활을 잘 마무리했다.

10년간 여러 가지 고민도 많았지만 어쨌든 홀가분하다,

이제는 제2의 인생을 위해 하나의 일에 집중하고 싶다.

다시 태어나는 오늘이다.

이제까지 걸어 온 길에 감사하다.

또 앞으로 나아가야 할 미래에 미리 감사드린다.

12

인생의 행복

정연홍

오늘은 부산 바다 구경을 간다.
붉게 떠오르는 태양이 인사를 한다.

안녕? 어디 가?

나는 씨잇 웃으며 손 흔들어 대답한다.

좋은 사람 만나러 간다.

파트너님들과 만나면
무슨 대화를 나눌까, 어떤 모습일까?
상상하면서 걷는 내 발걸음은

하늘에서 놀고 있는 것 같이 가볍다.

파도 소리보다 더 크게 웃고 떠든다.
바다가 보이는 커피숍 창가에 앉아 마시는 따뜻한 차 한 잔,
이것이 인생의 행복이다.

골드 팀

박유경

어슴푸레한 새벽.

차가운 날씨지만 공기만큼은 상쾌한 이곳은 인천공항.

밝은 표정이 가득하다.

어느 순간 더 밝은 빛이 나는 것 같더니, 내 사람들이다.

"여기여기!"

공항이 떠나가도록 신나게 외쳐본다.

"팔 떨어지겠네."

마구 흔드는 손놀림에 모두 웃음바다.

"어서 와요, 유경 사장님! 일찍 오셨네요."

서로를 반겨준다.

오늘의 드레스 코드는 성공의 상징, 골드!

그래서 더 빛이 났나 보다.

내가 좌충우돌 힘들어할 때마다 힘이 되어주신

존경하는 나의 스폰서님.

"두려움이 많았던 저를 잊지 않고 끝까지 이끌어 주시고,

기다려주셔서 오늘의 제가 있네요."

나는 수줍게 말했다.

경제적으로 힘들어서 사업이 늦었던 내 파트너에게도

한마디 했다.

"내가 스폰서인 걸 영광인 줄 알라고."

기분 좋은 잘난 척이다.

절대긍정의 마음으로 여기까지 왔다.

그래서 아무것도 안 할 자유,

무엇이든 할 수 있는 자유를 누리는 내가 되었다.

우리는 진짜 한 팀이었다.

환상이 아닌 현실 최강 팀이다.

절대 이루지 못할 것 같았던 성공을 자축하러

우린 오늘 따뜻한 곳, 괌으로 힐링 여행을 간다.

골드 비키니를 입은 우리는 빛이 날 것이고,

주변 사람들의 부러움을 살 것이다.

역시나 우리는 함께일 때 최강이고 반짝이며 행복하다.

비행기가 움직인다.

이륙 전, 나에게도 말해준다.

잘했다!

잘 이루어 냈다!

멋있다!

14

이룸

조경미

"반갑습니다. 저는 스칼프 테라피스트 조경미라고 합니다."

명함을 건넨다.

오늘도 나와 미팅을 하고자 기다렸던 이를 만났다.

본가인 제주에서 서울, 부산을 매주 오가고 있다.

컨설팅 스승이 계시는 일본도 한 달에 한 번씩 오가며

나의 50대 초반은

늘 새로운 사람들과의 만남으로 시간이 채워졌다.

따뜻한 햇볕이 내리쬐는 3월의 어느 봄날.

이른 아침 미팅을 끝내고

양 원장님과 점심식사를 하러 발걸음을 재촉한다.

2029년 상반기 스칼프케어 동향을 점검하고

하반기 케어프로그램을 위한 미팅도 있어 분주하다.

지난 5년 스파의 불모지 제주에서

자연의 재료로 사람을 위하는 헤드스파를 창시했다.

관광 브랜드로 자리 매김을 하기 위해

관공소를 찾아가 도움을 요청하던 내 모습이

주마등처럼 흘러간다.

문전박대도 당하고 같이 사업을 하고자 마음을 나눴던

파트너가 떠나는 아픔도 있었다.

아침 6시부터 예약을 받고 하루 종일 관리 후

집에 도착한 시간은 밤 10시.

피로로 머리가 어질어질했던 기억들도 스쳐간다.

어떻게 견뎌냈을까?

내가 생각한 것 이상으로 많은 이들이

스트레스, 과도한 업무, 원인 모를 이유로

두피의 문제점을 안고 있다는 걸 현장에서 알게 되었다.

이들의 고충을 해결해 주고자 백방으로 알아보고 공부할 때

흔쾌히 손을 내밀어 주신 양훈절 원장님께 감사드린다.

지금의 공을 원장님께 돌려야 할 만큼

많은 이들의 삶의 질이 달라지도록 도와 주셨다.

이런 생각을 하는 사이 식사 자리에 도착했다.

"원장님. 안녕하세요?"

"반갑습니다."

늘 전화나 줌으로 회의를 하다

오랜만에 원장님과 독대를 나누었다.

기분 좋은 대화가 이어진다.

레스토랑 유리창 너머 따뜻한 햇살이

테이블 유리잔을 가득 채우며

오늘의 식사시간을 더 환하게 만들어 주었다.

지난날의 고생은 나에게 삶의 지혜가 되었고

나를 믿고 무에서 유를 이룬 파트너들은

삶의 선한 영향력을 나누는 멋진 이들이 되었다.

나의 제2의 고향 제주를 찾는

수많은 관광객들이 여독을 풀려고

각 지점별로 헤드스파 예약을 하느라 줄을 잇고 있다.

상상하라.

그리고 행동하라.

그러면 이루리라

된다고 믿어라.

된다.

되었다.

이제는 세계 곳곳 선교사들의 자립을 돕고자
새로운 꿈을 가져 본다.

15

나는 내가 되었다

박보배

2029년 12월 26일.

크루즈를 타기 위해 부산항에 도착했다.

바닷바람이 이렇게 달콤한 적이 있었던가?

오늘은 내 생에 아주 특별한 날이다.

네트워크 사업을 함께하는 팀들과

5년 전 했던 약속을 지키는 날이기 때문이다.

열심히 목표를 향해 달려온 파트너들을 축하하는 의식으로

크루즈 여행을 함께하기로 계획했다.

일이 늘 잘 되기만 하는 것이 아니었기에

희망, 용기, 인내들을 붙잡고 벅차게 해나갔던 팀들.

함께 울고 웃었던 끈끈한 우정이

서로에게 힘을 보태어 주었다.

이러한 과정들이 서로를 성장시키는 귀한 경험들이 되었다.

"우와! 우와!"

속속 모이는 리더들.

100미터 전부터 환하게 빛이 나는 사람들.

내 눈에 콩깍지를 씌워준 팀들이다.

여신처럼 하얀 숄을 두르고 한껏 멋을 내고 나타나신 리더 님,

빨간 모자로 패션에 포인트를 준 리더 님,

하얀 장갑과 하얀 운동화가 잘 어울리는 리더 님 등

모두가 멋쟁이였다.

오늘은 좀 크게 웃어도 좋다.

목젖이 보이도록 웃으니 더 좋다.

감동이 내 온몸을 감쌌다.

돌돌돌,

트렁크 바퀴 굴러가는 소리가 세상 듣기 좋은 음악이 된다.

가슴 밑에서 울컥하고 올라오는 감정들.

잘 살아왔다는 증거다.

"사장님, 이거 되는 일 맞나요?"
파트너들의 의심,
주변 사람들의 시큰둥한 반응,
성과 없는 나날들.

날 밝아오기 직전이 가장 어두운 법이라고
"지나갈 겁니다. 넘어갑시다."
다독이며 격려하며
힘차게 벽을 오르는 담쟁이넝쿨처럼
조금씩 조금씩 앞으로 나아갔다.

빛이 난다.
해낸 이들의 얼굴.
모두들 여기까지 잘 왔다.
우리가 찾은 건 자유.
무엇이든 할 자유,
아무것도 안 할 자유.

팀과 함께 힘차게 나아가는 추진력 있는 나.
결단력 있는 나.
용서도 잘하는 나.

사랑이 많은 나.
마음이 넉넉한 나.
이런 내가 너무 좋다.

안 된다는 생각을 지우니
원래 잘 되게 되어있던 내가 나왔다.

결과에서 출발하라.
사람 하는 일,
안 되는 것 없다.

결국 나는
내가 되었다.

건물 10층 높이의 크루즈는 미끄러지듯 넓은 바다를 가르며
미래의 무한한 가능성 속으로 나아간다.

16

함께의 힘

윤지효

강변 Live 창단 멤버들과 함께
팀엘리트 트립 출발을 위해
인천국제공항터미널에서 만나기로 했다.
구름 한 점 없는 파란 가을하늘,
청량하게 불어오는 가을바람이
우리를 맞이해준다.
PA 첫 트립!
설레고 기대된다.

"다들 너무 고생하셨어요!"
"정말 멋지세요. 꼭 달성하실 줄 알았어요."

서로 서로 한마디씩 하며 떠들썩한 분위기 속에
모두 기쁨에 찬 얼굴들이다.

힘들고 어려운 고비들이 많았다.
그때마다 우리는
서로 격려하고 도와주면서
여기까지 올 수 있었다.
함께의 힘이다.

잠자는 동안에도 돈이 들어오는 방법을
찾지 못한다면 당신은 죽을 때까지
일해야 할 것이다.
• 워렌 버핏 •

워렌 버핏의 명언을 처음 듣게 된 날,
충격을 받았다.
그동안 왜 내가 60세 넘게 살고 싶지 않았는지 깨달았다.
준비되지 않은 비참한 노후는 맞이하고 싶지 않았던 것이다.

나이가 들어서 열정이 사라지는 것이 아니라
열정이 사라져 나이가 드는 것이다.

꼭 무엇인가 중독되어야 한다면,

술 담배가 아닌 사랑에 중독되어라.

• 카르멘 델오레피스(기네스북 세계 최고령 여자 모델) •

나이 들고 싶지 않다는 생각으로 살아왔는데

기네스북에 오른 세계 최고령 여자 모델을 알게 되면서

나는 변화했다.

같은 여자로서 너무 멋있고 대단해 보였다.

나도 이 모델처럼

멋있게 아름답게 나이 들고 싶다.

팀원들과 함께 위 명언들을 나누었다.

우리는

제2의 명사들이 될 것이다.

그리고

함께의 힘으로

다시금 역사를 이루어낼 것이다.

건배를 외친다.

17

미소

신해수

2025년 12월 나의 생일날.

바람은 차갑지만 하늘은 쨍하다.

"오늘 좋은 일 있겠다!"

예감이 좋다.

나의 반려묘, 나의 딸 신미소는

내 눈치를 보며 슬금슬금 나의 곁으로 온다.

나는 미소에게 팔베개를 해 주고 꼭 안아 주며 말했다.

"미소야, 잘 잤어?

엄마 보고 싶어서 아침인사하러 온 거야?"

"냐~옹." (엄마 잘 잤어요?)

미소는 나의 이마와 볼에 그루밍으로 아침인사를 열심히 했다.

내 얼굴은 침 범벅이 된다.

이것 또한 행복하다.

잠시 후엔 '골골골골' 골골송을 불렀다.

"엄마, 사랑해요."라는 말처럼 들렸다.

골골송을 들으면 내 마음이 포근해진다.

"미소, 따랑해."

나도 모르게 혀 짧은 말이 나온다.

미소의 엉덩이를 두드리고 머리를 쓰다듬어 줄수록

골골송은 더욱 커진다.

내 손놀림은 더 바빠진다.

"미소야, 엄마도 많이많이 따랑해."

아침마다 미소에게 건네는 사랑의 인사로 하루를 맞이한다.

즐겁고 행복하다.

고양이를 유난히 무서워했던 내가

고양이 집사가 될 줄이야!

고양이에게 무한사랑을 받을 줄

누가 알았던가.

벌써 5살이 된 미소는 여전히 동안이다.

우리는 눈빛으로도 교감한다.

그래서 눈만 봐도 마음을 안다.

'말하지 않아도 알아요.'라는 광고 카피가 생각난다.

미소야, 엄마랑 건강하게 살자.

너는 고양이가 아니고 내 딸이야.

신미소, 사랑해!

18

여기까지 잘 왔다

이정금

2031년 5월,
햇살 좋은 봄날.

전국 곳곳에 계시는 더결 팀엘리트들과 여행길에 올랐다!
35년 전,
내 인생 첫 번째로 참가했던 북유럽 크루즈를
이번엔 100어카운트들과 함께 미국 본사로부터 초청받았다.

"대표님들! 오신다고 고생하셨어요. 반갑습니다."
우리 모두 들뜬 목소리와 함께 양볼이 붉어졌다.
우린 어느덧, 가이드 역할을 하고 있었다.
내일 아침엔 선상에서 조찬과 커피 타임을 하자고 안내했다.

선택의 귀로에서 얼마나 많은 갈등들을 이겨내고 여기까지
왔는가!
힘들었던 과거를 떠올리니 내가 기특했다.
특히 코로나를 겪으면서
대부분의 리더들이 떠나는 사건이 있었다.
잠시 좌절도 했지만
우린 다시 일어나리라 다짐했다.
많은 프로젝트를 만들고 굉장한 노력을 한 결과,
더 단단한 팀들이 생겨나기 시작했고
우리는 성장했다.
리더들도 돌아왔다.
그리고 성공했다.
지금도 성장 중이다.

내 시작은 미약하였으나 그 끝은 창대하리라

수신제가치국평천하

가화만사성

진인사대천명

늘 가슴에 새겼던 말들이다.

그래, 여기까지 잘 왔다.
우리 팀이 위대하고 멋있다.
함께하니 멀리 올 수 있었다.

어느덧 딸들이 팀엘리트가 되어
늘 우리 옆을 지켜준다.
아름다운 부자를 상속받은 모습으로.

19

머지않은 날

김미경

2025년 5월 19일 새날!
나는 탑 리더로 새롭게 탄생했다.
오늘은 고급스러운 선상 크루즈에 초청되어
에게해로 축하여행을 떠나는 날이다.
향긋한 봄바람에 나의 몸과 마음이 깨끗하게 씻기는 듯했다.
꽃내음과 함께 공항을 들어선다.

나의 성공 멘토 선배님들과 동료들, 임원진들을 여기서 뵈니
더욱 반가웠다.
서로가 환하게 웃으며 인사하니 이곳이 더욱 빛났다.

탑 리더 직급을 달성하기까지 겪었던

수많은 고충과 잠시 멈추었던 시간에도 불구하고
우린 성장했다.
그리고 힘든 과정은 팀이 다시 뭉칠 수 있는
큰 원동력이 되어 주었다.

"목표는 앞서가는 것이 아니다.
 함께 물살을 타는 것이다!"

이 글귀가 오늘 가슴에 와 닿는다.

도전은 기적을 만든다는 신념으로
폭풍 성장한 팀앤팀 창립 멤버들!
덕분에 멋진 그룹원들이 함께하게 되었다.

모두가 탑 리더가 될 날이 머지않아 더욱 기쁜 날이다.

20

라보레무스

송태순

2025년 1월 12일 일요일,

기다리던 연합 랠리가 강원도 홍천에서 열리는 날이다.

오늘은 네 분의 파트너 사장님의 핀업 인증이 있다.

언제나 내편인 남편과, 함께 하고 싶은 동생 ㅌㅇ이,

평생친구인 ㅇㅈ 사장님과 꼭 가보고 싶었던

이효석 문학관을 잠시 들렀다.

그리고 산책을 했다.

반짝이는 눈으로 덮인 하천을 돌며,

연신 뽀드득 발자국 소리를 냈다.

소금을 뿌린 듯 메밀꽃 밭이 유난히 반짝인다.

영하 20도의 평창 날씨에도 추운 줄 모르고 한참을 걸었다.

이효석 문학관과 끝없이 펼쳐지는 메밀꽃 밭이 주는 문학적

영감,

이 곳 홍천을 좋아하게 된 이유이다.

또 다른 추억도 있다.

겨울이면 딸 효은이가 스키 아르바이트를 한다고

여기 평창까지 차로 태워 주었다.

그래서 우연히 드라이브 하다가

이효석 예술촌을 알게 되었다.

우리나라 19세기 초반 문학의 정신을 훔치듯

그 날 이후로 작가의 삶을 꿈꾸었던 기억이 난다.

"이효석 문학관을 꼭 보여 주고 싶었어요. 함께 와서 너무 행복해요."

내가 말했다.

"으흠, 좋네."

남편의 대답은 짧았지만, 입 꼬리를 올려 사진을 찍는 모습이 좋았다.

"너무 좋은데요? 제가 여기 올 수 있어서 행복해요. 꿈만 같아요."

항상 바쁜 ㅇㅈ님의 얼굴은 그 어느 때보다 환했다.

"언니야? 참 편하고 좋다. 또 오고 싶네. 엄마도 데리고 오자."

동생도 연신 감탄하며 반짝이는 메밀꽃 밭을
흐뭇하게 바라보고 있었다.

서로의 힘들었던 시간들이 파노라마처럼 스치고 지나간다.
'그럴 줄 알았다. 모두가 좋아할 줄 알았다.'
그런데 나는 무엇이 그리 바쁘다고
이제야 소중한 사람들과 시간을 같이 보내게 된 걸까?
불편한 관계를 승화시키지 못했다.
뛰어 넘지 못했다.
소통에 서툴러서 서로를 오해하고,
남처럼 보낸 시간이 너무 길었다.
어두운 터널을 한참이나 걸었다.
매서운 12월의 평창 메밀꽃 밭을 함께 거닐고,
쏟아지는 햇살 속 눈길을
이들과 함께하고 있다는 것이 믿어지지 않는다.

지금 이 순간 모든 것이 이루어졌다.
수만 가지 경험과 감정들을 이겨 내고
여기까지 오느라 수고한 나에게 한 줄의 인생 문장
'라보레무스'를 선물한다.
'자, 일을 계속하자.'라는 뜻의 라틴어.

영화 주인공이 전쟁터에서 사람을 살리고 영웅이 되어
모든 군중을 이끌며 외치는 말이었다.

당신은 어떤 삶을 선택하고 있는가?
당신은 어떤 감정을 선택하고 있는가?
당신은 어떤 생각을 선택하고 있는가?
우리는 누구나 지금과 다른 삶을 선택하기가 편하지 않다.
나만의 인생 그림 속에 사람들을 초대하는 것도
용기가 필요하다.

라보레무스!

이제는 안전 박스에서 나와 일하자.
불편한 감정에서 나와 일하자.
힘든 생각에서 나와 일하자.
그러면 당신도 당신만의 메밀꽃 밭을 만나게 될 것이다.
소중한 사람들과 함께 말이다.
우리 함께,
라보레무스!

21

꿈같은 봄날

박권아

2029년 5월의 봄날.

나의 멘토 님들,

이정금 사장님, 정지유 사장님과 함께

제주도 여행을 떠났다.

푸른 초원과 바다를 보며 자연을 즐겼다.

성산의 민트 레스토랑에서 맛있는 코스요리를 먹으며

달콤한 자유 시간도 누렸다.

"우리 이렇게 함께하게 될 줄 진즉에 알아봤죠."

이정금 사장님이 말씀하셨다.

"무엇이든 할 자유, 아무 것도 안할 자유를 이루신 걸 축하해

요. 짠!"

정지유 사장님의 축하에 우리는 건배를 했다.

환하게 웃는 우리는

서로를 닮아 있었다.

명문가의 사업가로 성장한

나 자신에게 감동이었다.

돈이 없어 김밥 한 줄도 못 사먹었던

눈물 나는 순간도 있었다.

하지만 지금 이 순간이 올 것이라는 걸 알았고 믿었기에

끊임없이 도전해 왔다.

'노력보다 선택'이라는 말처럼

내가 선택한 일에 후회 없이

꼭 성공하겠다는 다짐을 잊은 적 없다.

그래서 나는

지금의 멋진 내가 되었고

누군가의 꿈이 될 수 있었다.

나와 함께하는 멋진 파트너들도 많아졌다.

건강관리도 꾸준히 하며

내가 바랐던 멋진 라이프 스타일을 만들어간

나 자신이 너무나 자랑스럽다.

따스한 봄날이 선물해 주는 색처럼,
나의 삶도 아름답고 예쁘게
물들고 있다.

22

행복한 사람

이성숙

햇살이 예쁜 3월,

봄이 다가오는 소리에

새싹이 나뭇가지에서 기지개를 편다.

날고 싶은 만큼 맑은 하늘,

풀내음 가득한 지리산 자락.

별장에서 파티가 열려 시끌벅적하다.

'암을 극복한 자매', '뉴스킨의 퀸'이 된 나를 취재하기 위해

파티 장소에 기자가 도착했다.

8년 동안 함께 한 624 새벽 독서 모임 사장님들의 열렬한

박수도 받았다.

언니는 수줍은 미소로 "안녕?" 인사하며 손을 흔든다.

이 기분을 어떻게 표현할 수 있을까?

가슴이 벅차올랐다.

웃음과 눈물이 범벅이 된 가족들이다.

"자, 파티를 시작하자!"

언니와 와인 잔을 들고 건배를 나누었다.

"언니, 우리가 이겼어."

우리 자매는 서로 얼싸안았다.

형제애가 특별한 오빠.

오빠의 눈에 눈물이 고인다.

항상 우리를 위해 기도해 주던 오빠.

아픔 가슴 부여잡고 눈물로 지새웠던 나날들이

오늘 이렇게 보상을 받았다.

흔들릴 때마다 나의 인생길을 응원해 주신

줌마대학교 총장이신 이정숙 사장님,

사랑합니다.

"매일 축제처럼 즐기고 살자." 말씀에 힘입어

저의 최종 꿈이었던

선한 영향력을 주는 건강 전도사가 되었습니다.

"잘했다."

머리를 쓰다듬어 주시는 손길에서 사랑을 느낍니다.

지금은 뉴스킨 청소년자립센터도 진행하고 있다.

지금부터 나는 스스로를 응원하고 축하한다.

"생각하라. 이루어지리라!"

상상했던 일이 이루어졌다.

아, 나는 행복한 사람이다!

23

삶의 동반자

이진결

2026년 가을.

남편과 여행 후 호텔 라운지.

자식농사, 마인드, 부 각 영역에서 성공한 우리들의 파티.

둘만의 여행.

야자수가 늘어선 해변의 새하얀 모래.

에메랄드 빛 투명한 바다.

우리는 서로를 바라보며 흐뭇한 미소를 지었다.

열심히 살아 성공했다.

"16년 동안 참 열심히 살았어, 우리."

여유롭지 못했던 신혼 시절 보일러를 따뜻하게 사용하지 못해

추운 겨울을 지내야만 했던 시절,

3만 원짜리 쓰레기통 샀다고 비싸다며 다투었던 일 등
이제는 추억이 된 이야기를 나누었다.
잘 살려고 아끼고 재테크하며 열심히 살았던 우리는
벌써 50대가 되었다.

이렇게 우린
한마음으로 하면 안 되는 게 없다는 걸 깨달으며
삶의 동반자로 살아간다.
우리가 자랑스럽다.
지금 이 순간,
감사하며 행복하다.

'위대한 것을 이루려면 우리는 행동할 뿐 아니라
 꿈도 꾸어야 하고, 계획할 뿐 아니라 믿기도 해야 한다.'

앞으로도 우리는 위대한 꿈을 꿀 것이다.
앞으로도 우리는 위대한 것들을 이루어 갈 것이다.
앞으로도 우리는 믿음을 가질 것이다.

24

MMC

한윤정

나의 조력자 44명과

나선 모양의 원탁 회의실에서 홀로그램을 보고 있다.

전 세계에 설립된 '더 플러스 마스터 마인드 클럽(MMC)'의

모습이다.

파리의 더 플러스 MMC을 집중해서 보았다.

아이들이 어떻게 생활하고 있는지,

어떠한 환경에 있는지,

우리 MMC에서 최상의 교육을 받고 있는지

실시간으로 보고 있는 중이다.

나의 조력자 44명에게 너무나도 고맙다.

나와 뜻을 같이해준 핵심 조력자 6명에게 감사하다.

그들이 아니었다면 이렇게 학교를 짓지도 못했고
아이들에게 세계 최고의 교육도 지원할 수 없었을 것이다.

우리 핵심 조력자 6명은
한국, 영국, 프랑스, 캐나다, 미국, 싱가폴 거주자로
국적이 다르다.
하지만 모든 아이들은 사랑받을 자격이 있고
최상의 교육을 받을 자격이 있으며
그들은 영적으로 밝은 아이들이라는 믿음은 하나다.
세계의 아이들을 돌보는 것,
그것이 우리의 의무다.

6명의 조력자가 모였고
조력자의 조력자들이 모여
44명의 구성원이 완성된 것이다.
나는 44명의 조력자들에게 최상의 환경을 제공해 주기 위해
회사도 호텔에 버금가도록 지었다.
복지도 최상이다.

나는 이들과 같이 성장하며
같은 생각으로 오래 하고 싶다.

이 또한 한 마음이리라.

오늘 회의를 마치고 나면

제2의 꿈에 대해 이야기를 나누어야겠다.

경숙이와 진숙이

전진숙

나의 베프, 경숙이.

너를 처음 만난 건 중학교 2학년 때였지.

활발하고 외향적인 성격을 가진 나는

얌전하고 조용해 보이는 네가 너무 예뻐서 친구하고 싶었단다.

'안녕! 난 진숙이라고 해.

난 너랑 친구하고 싶은데 넌 어때?'

그렇게 내 마음을 편지에 써서 건넸고

너와 난 세상에 둘도 없는 친구 사이가 되었지.

노래를 잘 부르지 못하는 너를 위해 노래도 가르쳐 주고,

서로의 첫사랑 비밀도 간직해 주고,

대학 과제를 도와주기도 하고,

너의 동생 은경이를 하늘나라로 떠나보낸

너무 슬픈 일도 함께 이겨내면서 여기까지 왔네.

물론 싸우기도 하고

마음 상하는 일도 있어서 몇날 며칠 연락 안 한 적도 있었지만

그런 역경을 다 헤치고 36년 동안 우린 이렇게

우정을 굳건하게 지키고 있네.

사랑하는 친구야,

요즘 네가 너무 좋아하는 골프도 함께하고파서

열심히 골프도 배우고 있단다.

파란 하늘 아래 초록 잔디가 넓게 깔려있는

강원도 골프장에서 함께하면서

하하호호 깔깔대면서

너의 얘기 또 나의 얘기 나누면서

그 순간을 즐기면서

행복하게 살고프네.

나중에 나중에

죽음이 눈앞에 서 있어도 네가 내 곁에 있어 준다면

난 너무 행복하게 눈을 감을 수 있을 것 같아.

우리 그때까지 지금처럼

서로의 삶을 바라봐 주고 응원해 주는 사이로
함께 사랑하자.

사랑해.

26

지금부터 영원히

김성자

2030년 1월.
오늘은 힐링센터 오픈식을 하는 날이다.
하늘에서 축복하듯이
하얀 눈이 조용히 내리고 있다,

사랑하는 가족, 형제들,
존경하는 조양 스승님과
나의 특별한 지인들을 모시고
특별한 축하 파티가 시작됐다.
"그래요. 우리 여기까지 잘 왔네요."
조양 스승님의 축사에
코끝이 찡해져 온다.

만약 7년 전 스승님을 만나지 않았더라면
지금의 나는 없었을지도 모른다.
그렇기에 더욱더 감사하고 뭉클한 순간이다.

한 스승님 아래 모인 제자들.
그리고 나의 귀한 인연들.
나이도 성별도 다르지만 각자의 자리에서
성공과 성장을 외치고 격려하면서
여기까지 함께 걸어온 우리들이기도 하다.

성공한 교육 사업가로, 수의사로,
성공한 CEO로, 작가로,
보험 여왕으로, 건물주로,
지역사회 선한 영향력을 끼치는 각계 지도자들로
우리는 각자의 자리에서
되고 싶은 내가 되어 있다.

창가 옆 벽난로, 장작이 타닥 타닥 타는 소리에 맞춰
빠알간 춤을 추며 열기를 뿜어내고 있다.
그에 질세라 우리들의 행복지수도
점점 더 달아오르고 있다.

거거거중지 행행행리각.

가고 가고 가는 중에 알게 되었고

행하고 행하고 행하면서 깨닫게 되었던

결국 우리가 여기까지 오게 되다니!

"수고했어요. 정말 축하합니다."

서로 얼싸 안으며 주고받는 진심어린 축하들.

그 모습을 지켜보시는 스승님의 흐뭇한 미소.

"되고 싶은 나, 그대들이 결국 이렇게 만났네요.

 축하해요 모두.

 이렇게 우정 쌓으면서 평생 벗으로 잘 걸어가 보세요."

조양 스승님의 말씀에

얼굴에 환한 미소가 번진다.

서로를 축복하는 마음 담아서

잔을 높이 들고 힘차게 외쳐본다.

우리들의 본 게임은 지금부터!

우리들의 우정도 포에버!

27

함께

권경희

석세스 트립을 달성한 나의 파트너들과 제주공항에 도착했다.
바늘로 찌르면 금세 톡 터질 것만 같은 파란 하늘과
무성한 열대 나무들이 우리를 반겨주었다.

"어머나!
어쩜 세월이 우리들만 비껴가는 것 같아."
모두 모델이 된 듯, 예쁘고 멋진 몸매를 한껏 뽐냈다.

EBP를 달성하자고 외치며 목표를 설정하고 난 후
텐 코어, 다이어리, 매주 ARO 1건씩 결재하기, 데몬과 콜드
하기 등 매일 열정을 쏟았다.
꿈속에서도 콜드를 했다.

드디어 EBP를 달성하던 날!

거센 파도가 휘몰아치듯이 북받쳐 오르는 감격에

우리 모두는 서로 부둥켜안고 엉엉 소리 내어 한참을 울었다.

"그거 되는 거 맞냐? 그냥 편하게 살지, 그 나이에 안쓰럽다."

우리를 이해하지 못하던 지인들의 말도 떠올랐다.

그러나 우린 지금 이 순간,

해냈다.

성공은 끝이 아니며 실패는 치명적이지 않습니다.

중요한 것은 계속하는 용기입니다.

• 윈스턴 처칠 •

목표가 있었기에 신념으로 인내할 수 있었다.

반복에 반복을 계속했기에 정상에 선 지금의 내가 있다.

석세스 트립을 함께 달성한 우리 팀이 있다.

앞으로도 영원히 함께할 팀이다.

선의의 힘을 더 많은 이들에게 펼쳐 나갈

건강하고 아름다운 팀이다.

팀원들과 함께할 수 있어 행복하다.

28

이 시간

조외숙

오늘은 2029년 12월 8일.
사랑하는 아들 내외와 손자 손녀
그리고 평생을 함께 걸어온 남편과
뇌경색으로 몸이 불편하시지만
구순의 시어머님과 함께 인천공항에 모였다.
우리 가족은 하와이행 비행기를 탔다.

이런저런 사정으로 나와 며느리는
편하지 않은 관계로 소통 없이 세월을 보냈다.
딸 같은 며느리 없다고 하지만 내겐 딸 같았다.
함께 눈 마주보며 웃고 싶었다.
사랑하고 싶었고 보고 싶었다.

가족.
북적북적.
도란도란.
이런 시간을 얼마나 바랐던가.

***

어느 날 현관벨소리에 일어나보니
예쁜 며느리가 서 있었다.
"어서와. 어서 와라."
그 날의 기쁨을 잊지 못한다.
진심과 함께 이야기를 나누니
얼었던 마음이 녹고 희망의 새순이 돋았다.

***

바로 눈 앞에는 푸른 바다가 끝없이 펼쳐져 있었다.
고개를 돌리니 진갈색 현무암의 산들이
거대하고 삐죽하게 높이 솟아 있었다.
넓고 긴 도로가에는 야자수 열매와 열대 식물들이
나란히 우릴 반겨 주었다.

바닷바람은 숨결처럼 보드랍고
발가락 사이로 빠져나가는 모래는 미숫가루같이 보드랍다.

번창해 가고 있는 아들의 사업 이야기에
시간가는 줄 모르게 귀가 즐겁다.
멋진 커리어 우먼이 된 다일 다겸 애미,
힘든 시간들 잘 견뎌주어 고맙고 사랑스럽다.
운동도 잘하고 튼튼하게 자라준,
벌써 총각 티가 나는 손자 다일이.
발레로 다져진 멋진 아이 다겸이.
이렇게 가족과 함께할 수 있는 나는,
세상 행복한 할머니가 되었다.

지혜로운 어르신, 구순의 어머님.
불편한 노구에도 불구하고
이렇게 4대가 함께하는 긴 여행을 같이 할 수 있음은
기적이다.
행복한 에너지는 진정 축복이리라.
배불뚝이 남편은 허허 웃으며
가족들을 바라보고 미소짓고 있다.
눈물이 날 만큼 감격스럽다.

꿈꿔왔던 이 시간,

얼마나 기다렸던 오늘이었나!

나 이대로

충분히 행복하다.

진정 오늘밖에 없는 것처럼

시간을 아껴쓰고

모든 것을 용서하면

그것 자체가 행복일텐데

이런 행복까지도 미루고 사는

저의 어리석음을 용서하십시오

보고 듣고 말할 것

너무 많아 멀미나는 세상에서

항상 깨어 살기 쉽지 않지만

눈은 순결하게

마음은 맑게 지니도록

고독해도 빛나는 노력을

계속하게 해주십시오

이해인 수녀 〈12월의 시〉 중에서